ぜんぶ、あなたのためだから
夏原エキジ
Natsubara Eiji
KODANSHA

目次

装幀　坂野公一（welle design）
装画　蒼木こうり

ぜんぶ、あなたのためだから

《お節介なもので、悪意を持たないものはいない》

――フランシス・ベーコン

プロローグ

ファインダーをのぞいた向こうに、新郎のこわばった顔が見えた。緊張をごまかすためだろうか、ぐんと胸を張り、しきりに瞬《まばた》きをしながら深呼吸している姿を、一枚の写真に収める。

「ガチガチじゃん、和臣《かずおみ》」

「撮られちゃってるぞー」

新郎側のゲスト席からヤジが飛んだ。チャペル内にくすくすと笑い声が上がる。自身がどれだけ硬くなっていたか気づいたのだろう、新郎も、照れたように顔をほころばせる。その瞬間にふたたびシャッターを切った。

丘に広がる、県内でも有数の高級住宅地。その頂上に佇《たたず》むここ、結婚式場〈サンセリテ〉が、今日の仕事場だ。

上品なステンドグラスが光彩を放つチャペルに、緑あふれる中庭、コンセプトの異なる大小の披露宴会場。優しい白を基調とした建物群は華美すぎずあたたかな趣をたたえている。何組ものカップルがここで祝福を受け、互いに愛を誓いあってきた。

粛々と背筋を伸ばす外国人牧師。微笑《ほほえ》みを浮かべるゲストたち。静かに出番を待つピアニスト。今日もチャペル内には、神聖かつ朗らかな空気が満ちていた。

その空気感を撮り逃さないよう、新郎越しにゲストが写る構図でもう一度、シャッターを切る。主役はもちろん新婚カップルに違いないけれど、結婚式のスナップ写真には「物語性」も求められる。あのとき場はどんな雰囲気だったか。あの人はどんな顔をしていたか。そういった細かな変化も残しておくと、後々喜ばれる。

「続きまして、新婦、沙也香《さやか》さんと、お父さま、お母さまのご入場です。皆さまどうぞ盛大な拍手でお迎えください」

司会の呼びかけで、ゲストたちの視線が、一斉に後方の扉へと集中した。ある人はわくわくした顔つきで胸の前に手を合わせ、ある人はスマホを構え、またある人は早くも感極まったのか、ハンカチを取り出している。新郎の入場時とはまた違った期待が、それぞれの顔に見てとれた。

新婦入場。結婚式における、ある意味で最大の見せ場——。

ここは必ずベストショットを決めなければならない。両側を白百合とキャンドルで飾られた真紅のバージンロード、その中ほどで片膝をつき、アングルを定める。

ピアノが「結婚行進曲」を奏で始めた。音色に合わせ、チャペルの扉が重々しく開かれていく。その瞬間、

「沙也香、きれー……」

ため息に似た声が、新婦側のゲストから上がった。

胸元にレースがあしらわれた、マーメイド型のウエディングドレス。そこからのぞく、ほっそりとした首と腕。なだらかな腰のカーブ。ベールに覆われた伏し目がちな面差しは、控えめに咲くオルレアの花を連想させた――ファインダー越しに見た花嫁の姿は、なるほど感嘆に値すると思った。前撮りのときにも感じたことだが、実に儚《はかな》い風貌の女性だ。

チャペルの荘厳な雰囲気。

美しいピアノの演奏。

ウエディングドレスをまとった可憐《かれん》な花嫁。

シャッターの音は、ゲストたちの拍手にたちまちかき消された。今日のゲストは十一人と聞いている。新婦とともに登場した両親を除くと、今拍手をしているのはたったの九人だ。にもかかわらず、その拍手は盛大で、大規模な式にも負けないほどの熱量を帯びていた。

大げさな登場形式も、ピアノも、装飾も、静謐《せいひつ》なチャペルそのものだって、すべてがこの瞬間を感動的に盛り上げるための演出。有《あ》り体《てい》に言ってしまえば予定調和だ。が、それでも晴れの舞台というものは、人々の心を揺さぶる力を持っているらしい。

新婦はゲストの拍手に応えるように、目を伏せたまま一礼した。

白いグローブに包まれた左手を父親の腕に添わせ、両親に挟まれる形でバージンロードに足を踏み出す。一歩、また一歩と、花嫁は歩を進める。ゲストの視線に見守られながら、長いベールをなびかせて。ゆっくりと、まるで、何かを確かめるかのように。

新郎のもとへたどり着いたとき、新婦はようやく顔を上げた。二人の視線が交差する瞬間を、一枚。娘を送り届けた父親はやれやれといった顔でひと息つき、母親は赤くなった目元にハンカチを押し当てている。この様子も、また一枚。

他のゲストの表情も撮っておこうか……と、新婦側のゲスト席にレンズを向けたけれど、やっぱりやめておこう。代わりに見つめあう新郎と新婦、牧師の三人を画角に収める。

このチャペルはちょうど五月の今頃が、最も見栄えがいいと思う。春のやわらかな日差しがステンドグラスを通してきらめき、光の粒となって主役の二人を引き立てている。おかげで写真の出来もよさそうだ。

あとは指輪交換まで小休止。さて、その間、定番の問答を清聴するとしようか。

「新郎、和臣。あなたはここにいる沙也香を妻とし、健やかなるときも、病めるときも、良きときも、悪しきときも、ともに愛し、敬い、死が二人を分かつまで、真心を尽くすことを誓いますか」

「はい、誓います」

「新婦、沙也香。あなたはここにいる和臣を夫とし、健やかなるときも、病めるときも、良きときも、悪しきときも、ともに愛し、敬い、死が二人を分かつまで、真心を尽くすことを誓いますか」

「はい、誓います」

……決まりきった受け答えだ。

ふと、子どものいたずらのような考えが浮かんだ。もしもここで「いいえ」と答えたら、この牧師さんは、どんな顔をするだろう。「誓いません」ときっぱり断ったら、この場の空気はどうなってしまうだろう。感動に目を潤ませているゲストの女性陣は、にこやかに微笑んでいる男性陣は、どんな反応を見せるだろう？

カメラマンとして今まで何度も誓いの瞬間に立ち会ってきたけれど、番狂わせが起こったことは、一度だってない。恋敵が「ちょっと待った」と叫んで乱入してくるのは古いドラマやマンガの話。実際には何も起きないということくらいわかっている。けれども、こう仕事で何十回も紋切り型のやり取りを見ていると、いつからか慣れきって、たまに不謹慎な想像に意識が飛んでしまうのだった。

何か、面白いことが起きないかなあ……なんて、疲れているんだろう、きっと。

いつもは気にもならないカメラの重みが、やたら仰々しく肩にのしかかってくる。春に入ってからほとんど休めていないせいだ。五月はまさに結婚式シーズン。来週も別の式場で三件、撮影の依頼が入っている。その他にも広告撮影、雑誌撮影、合間にデータチェックをして明るさや色合いの調整をして。当分はエナジードリンクが欠かせなくなりそうだ。

物思いにふけっているうちに指輪の交換が終わり、新郎が新婦のベールを上げた。

今まで自分は何度、キスシーンを撮ってきたんだろう？　赤の他人のキスシーンを。そんな邪念を振り払って、もう一度小さなファインダーをのぞきこんだ。

「わあ、かわいいケーキ！」

「沙也香ーこっち向いてー」

舞台が会食会場に移ってからも、あたたかな祝福ムードは続いていた。チャペルとは趣を変え、会場はラグジュアリー感を重視したホテルのような内装だ。広さこそないものの片側は全面ガラス張りで、自然光が降り注いでいる。

少人数ウエディングの利点はやはり、自由でアットホームな空気が味わえるところだろう。今日は新郎新婦と十一人のゲスト。計十三人ならば長テーブルだけで事足りる。形式ばった披露宴の入場シーンもなく、新郎のウエルカムスピーチもごく短いものだった。大規模な披露宴だと新郎新婦の親戚やら上司やらが長ったらしいスピーチをしてゲストを辟易《へきえき》させているのをよく見るから、これくらいの規模の方が招かれる側も気楽なのかもしれない。

「――新郎新婦によるケーキカットとファーストバイトでした。ケーキは新郎新婦からお一人ずつにお配りいたします。それでは皆さま、しばしお食事を楽しみつつご歓談ください」

新郎新婦がケーキ皿を手に長テーブルをまわり始めた。

「おい和臣、顔にクリームついてるぞ」

「えっ、マジか」

「あははは」

「ちょっと待ってね、ナプキン取ってくる」

「ありがとう沙也香……ってか、あきら、笑いすぎだから」

「だってベタすぎなんだもん、顔にクリームって。誠《まこと》も直人《なおと》も笑ってるし」

「おまえらなぁ。そうだ誠、今日は飲みすぎんなよ。おまえは酒癖が悪いからな」

「わかってるってー」

新郎である林田和臣《はやしだ》は太めの眉毛が特徴的なはっきりした顔立ちをしていた。儚げな印象の新婦とは正反対の、俗にいう陽キャといったところか。三人の友人たちにいじられて、大きな二重まぶたの目が嬉しそうにゆるんでいる。彼は確か三十歳。友人たちは同級生か。冷やかされながら新婦に頬を拭いてもらっている様子を、遠巻きに撮影しておく。

歓談中はこれといった山場もないので、カメラマンもひと呼吸つくことができる。和やかな雰囲気を数枚撮っておけばいい。

「上野《うえの》さん、お疲れさまです」

「あ、桜庭《さくらば》さん」

長テーブルを離れ、隅の司会台に控えていたウエディングプランナーの上野さんに話しかけると、相手はにっこり白い歯を見せた。今日は少人数婚ということもあって、彼女は司会も務めていた。

「お疲れさまです。写真の方はどうですか?」

「上々だと思います。で、この後のプログラムってどうなってますか」

「ええと、お食事がだいたい終わったら新婦さまによる余興と、ご両親への感謝の手紙です。その後は新郎さまが結びのご挨拶をされて、最後に全員で集合写真、ゲストの皆さまをお見送り、という流れですね」

「わかりました。ちなみに新婦の余興っていうのは？」

「バイオリン演奏です」

「へえ、バイオリン」

すごいですよね、と上野さんは相槌《あいづち》を打った。

「幼い頃から弾いてらっしゃったそうで、一時期はプロも目指されていたんですって。上座の方、あそこら辺にちょっとしたお立ち台を用意する予定ですから、いい一枚をお願いしますね」

バイオリン演奏となると、正面やアオリより、少し上からのアングルにした方がいいかもしれない。

「すいません、踏み台を取ってくるんでちょっと外します」

駐車場へ向かうためいったん外に出て、式場の裏手にまわったとき、ふわ、とタバコの香りが鼻をくすぐった。

見ると駐車場の端に設けられた喫煙スペースで、先ほど新郎を冷やかしていた男女二人が一服していた。女性がドレス姿で紙巻きタバコを嗜《たしな》む姿は、この地方ではちょっと珍しい。そう思っていたら、

「いやいや、そっちの話じゃなくてさ……お、カメラマンさん」

と、二人がこちらに気づいて目礼した。

「どうもー、ご苦労さまです」

口角の上がった愛想のいい笑みだ。が、それきり二人はすんとタバコをくわえた。たぶん早

く立ち去ってほしいのだろう。自分も軽く会釈をして、急ぎ車へと向かった。

「――という感じで、照れくさいですけど、これは俺たち二人の思い出の品なんです。今日はそのときと同じものを取り寄せましたんで、ぜひ皆さんも召し上がってみてください」

会場に戻った途端、しまったと思った。

駐車場へ行っている間に何かしらのシャッターチャンスを逃したかもしれない。急いで上野さんに確認すると、どうやら今のはスピーチというほどのものではなく、思い出のシャンパンとやらの紹介をしていただけだったそうだ。が、完全にスルーというわけにもいかない。ちょうど壁際にあるドリンクサーブ用のテーブルで給仕スタッフがシャンパンを注ごうとしていたので、物撮りをさせてもらうことにした。

それは青いシャンパンだった。

新婚夫婦がどんな甘酸っぱい思い出を共有しているかは聞き逃したが、グラスに注がれたスカイブルーのシャンパンは見るからに爽やかで、特別な日にふさわしい色合いに思えた。

シャンパン入りのグラスは次々と長テーブルへ運ばれていく。いつの間にか外の喫煙スペースにいた男女も席に戻り、色鮮やかなシャンパンに歓声を上げている。その様子を一枚撮り、長テーブル全体の写真もいくつか収めておく。料理とシャンパンに舌鼓を打つゲストたちはみんな満足げだ。

「カメラマンさあん。こっち、撮ってもらってもいいですかー?」

声がした方を振り返ってみると、新婦の友人が手招きをしていた。友人二人と新婦とで記念撮影をしたいらしい。

「はい、オッケーです」

「ありがとうございまーす」

「二人とも、今日は来てくれて本当に嬉しい。日曜だし、きっと他に予定入れたかったよね」

撮影が終わるが早いか、新婦が友人たちに向かって申し訳なさそうに眉尻を下げた。小規模ウエディングだとお色直しをしない新婦は多い。彼女も教会式のドレスのままだ。手に持つ青いシャンパン入りのグラスが、純白のドレスによく映えている。

ディスプレイで写真を確認する間、彼女たちの会話が耳に入ってきた。

「藍里《あいり》なんか特に距離があるのに、わざわざごめんね」

「ぜーんぜん。車で飛ばせば大したことないよ。それに、他でもない沙也香のためだもん。ね、智恵《ちえ》」

「親友のわたしらが結婚式に参加しないなんてありえないでしょ。予定があろうがなかろうが、最優先に決まってるじゃん?」

「そっか……うん、ありがとう」

小さく細い声からして、この花嫁は見た目どおり自己主張が苦手な性格らしい。三人の歳は自分と同じ二十代前半か。会話から察するにこちらも同級生のようだ。

新郎側の席には両親と、妹らしき女子、そして友人が三人。新婦側の席には両親と、弟らしき男子、そして友人が二人。

全部で十一人のゲストたち——わかってはいたが、やはり、あまりにも人数が少ない。写真が寂しくならないようにするのもひと苦労だ。いくら少人数婚でも、普通はもう少し親戚を呼んだりするものなのに。

何気なく長テーブル全体を見渡していると、不意に、新婦の弟らしき男子と目が合った。

「…………」

たぶん大学生だろう。彼の存在は教会式から妙に浮いて見えた。今だって両親と会話を交わすでもなく、かったるそうに料理を口に運んでいる。その態度に内心で首を傾《かし》げたとき、

「皆さま、ご歓談中のところ失礼いたします。——これより新婦、沙也香さんによるバイオリンの生演奏です。どうぞお席にてお楽しみくださいませ」

司会の声に促され、立っていたゲストたちもふたたび席に着く。各々のスマホを手に取る。

「沙也香、頑張ってね」

写真が撮られる電子音。ピロン、と動画撮影を開始する音もした。自分もまずは下座へと移動し、長テーブル越しに上座へとカメラを向ける。

誰もが固唾《かたず》を呑《の》んで、新婦の一挙手一投足を見つめている。いつしか空気は一変していた。不思議な緊張感が、会場を満たしていく。

全員の熱い注目を浴びながら、新婦はお立ち台へと足を運ぶ。ゲストの方に体を向け、軽く息を吐き出す。バイオリンを構え、一拍を置いて、弦に弓を当てる——。

その瞬間、あれ、と思った。

だが違和感の正体をつかむより先に、演奏は始まった。

セザール・フランクの「ヴァイオリン・ソナタ　イ長調　第四楽章」。穏やかな旋律が、新婦の指先から奏でられた。優しくて、心が包まれるような音色だった。

ゲストがうっとりと聞き惚れる中、足音を立てないように立ち位置を変え、アングルを変え、シャッターを切る。予想していたとおり少し上から撮った方が粋な一枚になりそうだ。車から取ってきた踏み台は、新婦から見て斜め左、弟らしきゲストのやや後ろに置いてある。

果たして予想はばっちり的中した。ほんの少し上から撮ると、顔を傾けて演奏する新婦のまつ毛がよく見えて、ぐっと艶が増す。

前に市民オーケストラの撮影に行ったとき、ちょうど同じ曲を弾いているバイオリン奏者がいた。その人へのインタビューを横で聞いていて知ったのだが、「ヴァイオリン・ソナタ」の第四楽章は本来、ピアノと語りあうように演奏するのだそうだ。作曲家のセザール・フランクは友人の結婚祝いにこの曲を作った。その由来から察せられるとおり、幸福感が心地いい曲調だ。時に跳ねたり、時に激しくなったり――でも。

何だろう？　この、ぬぐいきれない違和感は。

弓を弦に当てた瞬間、どことなく新婦の顔色が、さっきまでとは違う気がした。緊張のせいかと思ったのだが、そうじゃない。曲の中に哀しげな部分があるのは知っている。でも、何かが違う。

これは哀しげというより、シンプルに、乱れている。単なる技量不足？　もしくは心の乱れだろうか？

　ファインダー越しに見る新婦の顔が、旋律が進むごとに、苦しげにゆがんでいく。うっすらと額に汗がにじみ、呼吸も荒く、乱れていって。

　そのときだった。

「う……っ」

　突如として演奏が止まった。

　指先から弓が落ちる。バイオリン本体が、支えを失って落ちる。次の瞬間、新婦の口から、ごぼりと赤いものが吐き出された。

「沙也香‼」

　新郎と新婦の母が立ち上がったのとほぼ同時に、新婦は鈍い音を立てて、お立ち台の上に倒れた。

「きゃあああっ」

　……これは、何だ？

　いったい、何が、起きてるんだ。

「沙也香、聞こえるか？　沙也香！」

　ゲストの女性陣は悲鳴を上げ、男性陣はおろおろと席を立つ。新郎が抱き起こしても新婦はぐったりとしたまま、呼びかけに反応しない。その両目はしばらく虚《うつ》ろに宙をさまよっていたが、やがてふっと閉ざされた。

「何これ、え、演出じゃない、よな……？」

「んなわけないだろ！」

「嘘《うそ》でしょ、沙也香、何で」

「誰か救急車、早くしろ！」

何なんだ、これは。この状況は。夢でも見ているんだろうか？

さっきまで、あんなに楽しげだったじゃないか。あんなに和やかで、幸福感にあふれていたじゃないか。……こんなのは知らない。こんな、地獄みたいな光景は、予定調和のうちに入っていないはずだ。

「しっかりしなさい、沙也香！」

「沙也香！」

「目を覚まして、沙也香ああっ！」

家族や友人が大声で新婦に呼びかける。上野さんがスマホで救急車を呼んでいる。悲鳴のような、怒号のような声が飛び交い、騒然となった会場の中で、自分は——ただカメラを手に、茫然《ぼうぜん》としていた。

花嫁の純白のドレスが真っ赤な血で染まっていくのを、ただ夢うつつに、見ていることしかできなかった。

第一章　〈いい人〉たちの饗宴

　何がどうして、こんなことになってしまったんだ。

　幸せの絶頂のはずだった。人生で最高の日にしたいと思って、何ヵ月も念入りに準備してきた。最高の日に、なるはずだった。それなのに。

「胃潰瘍《いかいよう》ですね。吐血も意識混濁もそれが原因です」

　医者の先生はそう言った。

「普段からみぞおちの辺りが痛むとか、そういった症状はありましたか？」

「いえ、特にそんなことは」

「であれば、ストレスによる急性のものでしょう。その……結婚式をされていたのなら、過度な緊張がストレスとなって発症につながったとも考えられます」

　言いにくそうな、気の毒そうな口調で、医者は今後の治療について説明した。

病院の廊下に漂う、消毒液のような独特のにおい。蛍光灯の無機質な明かり。それらに包まれて、心が陰気に沈んでいく。外もすでに暗くなっていることだろう。病室へと戻る間、頭の中は真っ白だった。

人生で最高の日になるはずだった今日は、地獄の一日へと変貌した。こんなの、あんまりじゃないか。もちろん沙也香の命に別条がなかったのは、喜ばしいことだけれど……。

「和臣さん！　検査の結果は？　どうだったの？」

病室に戻るとすかさず義母である若松香《わかまつかおり》が飛びついてきた。俺はグレーのフロックコート、義母も結婚式の着物姿のままだ。

「胃潰瘍だそうです、急性の」

ため息ともつかない声を上げて、義母は額を押さえた。

「倒れたときに打った頭の検査もすることになりましたけど、胃潰瘍は点滴治療をしながら安静にしていれば、二週間ほどで退院できる見込みだそうです。とりあえず、大事にならなくてよかった」

「それで、原因は何なの？」

「ストレスだろうと、先生は」

「はあ……」

義母の口から今度こそはっきりとため息が洩《も》れ出た。

俺は義母を支えて椅子に座らせ、自分も沙也香を挟んで反対側の椅子に腰を下ろした。

ウエディングドレスから患者用の衣服に着替えさせられた沙也香は、今は呼吸も落ち着いて、静かに眠りについている。その華奢《きゃしゃ》な手を取り、もう片方の手で頬に触れた。

ストレス、か。確かに沙也香は胃腸が弱い。結婚式という大舞台に緊張していたのも事実だろう。が、それにしたって、血を吐いて倒れるほどのストレスだなんて。……まさかとは思うが、ひょっとしてアレが関係しているんじゃ……。

いや、わからない。今はとにかく沙也香の容体だけが気がかりで、とてもじゃないが、他のことを考える余力なんてない。

もっとも沙也香が倒れたあの瞬間、最悪の結末が頭をよぎったことを思えば、この程度で済んだことに感謝するべきなのかもしれない。頭の方も念には念を入れて検査をするというだけのことらしいから、二週間経てば家に帰れる。

沙也香のためにも嘆いてばかりはいられない。夫の俺が、しっかりしなければ。

「実はね、沙也香、昔も胃潰瘍で病院に運ばれたことがあったのよ」

「そうだったんですか?」

驚いて目を向けると、義母はまたしても深いため息をついた。

「小学生の頃ね。そのときもストレス性のものだって診断された。そういうのって、再発しやすいっていうでしょう?　だから気をつけるようにって沙也香にも言い聞かせてあったのに」

「まあ、ストレスなんて自分ではコントロールしにくいですからね」

「それはそうかもしれないけど、でも、よりにもよって結婚式の当日に再発するなんて。しかも皆さんから注目されてる瞬間に……恥ずかしいったらないわ」

引っかかる言い草ではあったが、やぶ蛇になりそうで、言い返すのはやめておいた。この人は、こういう人なのだ。沙也香だっていくら眠っているとはいえ、母親と夫がやりあっているのを耳にしたくはないだろう。

「検査の結果も聞けたことですし、お義母《かあ》さんは一度家に戻られてはどうですか？」

「そうね、お父さんに迎えに来てもらおうかしら。和臣さんは、どうするの？」

「俺もいったん戻って着替えるつもりです。今日は病院に泊まって沙也香についてるんで、お義母さんはゆっくり家で休んでください」

「わかったわ。でもあなた、お仕事の方は？」

「明日と明後日は休暇を取ってあります。一応、式の直後ということで」

「やっぱり公務員は福利厚生がしっかりしていていいわね。じゃ、明日の午前にはまた来るから、沙也香のことよろしくね」

そうして義母を見送ったあと、ようやく静かな時間がやってきた。

「沙也香。お義母さんもう帰ったよ。落ち着いて休んでな」

本人に訊《き》いても詳しく話したがらないけれど、母と娘の仲は――少なくとも沙也香の母に対する感情は――傍目《はため》にもいいとは言いがたい。

義母は、決してわるい人ではない。救急車に乗りこむときだって、夫の俺を押しのけんばかりの勢いだった。それだけ沙也香のことが心配でたまらなかったに違いない。けれど、ときどき言葉のチョイスがきつかったり、圧を発したりしているのを目の当《ま》たりにすると、娘が気弱に成長した理由もわかる気がするのだった。

「大丈夫だよ。式を中断することになったのは残念だけど、何も気にしなくていいからな」

もう一度手を取り、頬をそっとなでる。

目を閉じれば、沙也香が倒れた瞬間の光景がまざまざとまぶたの裏に浮かんできた。あのときの感情は、とてもひと言では言い表せない。全身の毛穴が開き、血が一気に沸き立つようだった。みぞおちの辺りに這《は》いのぼるゾクゾクとした感覚は、いったい何だったろう。体が沙也香を助けるために動いても、心が追いついていなかった。スリリングな映画のオープニングを観るように、どこか自分を俯瞰《ふかん》する感覚があったことも否めない。

とにかくとんでもないことが起こった。何とかしなきゃ、早く、早く——頭の中はただそればかりで——いや、本当はもう一つ、予感があった。

この先もっと、とんでもないことが起こるのではないか。そんな予感が。

「……俺たちは今日、夫婦になったんだ。必ず俺が、沙也香のそばにいる。どんなときでも、何があろうと、俺が沙也香を守るから。だから、安心していいんだよ」

そう語りかけると、ほんの少し、沙也香が手を握り返したような気がした。

が、翌日の正午近くになっても沙也香は目を覚まさなかった。精神的なショックが影響しているのかもしれない。看護師いわく病状は安定しているから様子見でいいということらしかったが、その言葉も、朝早く戻ってきた義母をヤキモキさせるだけだった。

「悪い夢でも見てるみたい。こんなことになるなんて、少人数のお式にしておいたのがせめてもの救いだわ。ところで和臣さん、ゲストの皆さんにはもう連絡したの？」

「ええ、一応は」

実家のグループラインで沙也香の診断結果を報告すると、うちの両親や妹はひとまず安心したらしかった。大学の友人同士のグループラインにも同様の報告を済ませてある。沙也香の友人二人に関しては、辛《かろ》うじて職場を知っていたので、午前のうちに電話をかけてどうにか現状報告ができていた。

「みんな沙也香を心配して、いつなら見舞いに行ってもいいかって訊いてくれましたよ」

「なら、いいけど……ねえ和臣さん」

「はい？」

「今回のこと、あなたのご家族やお友だちなら変なことにはならないと思いたいけど、ゲストの皆さんにはくれぐれも――」

義母が何やら遠まわしに言いかけたところで、病室のドアがノックされた。

「はい、どうぞ」

看護師だろうか。でも次の診察は夕方と言っていたような。

そう思いつつ開かれたドアの方へ体を向けると、そこには意外な人物が立っていた。俺も、義母も一瞬、言葉に詰まった。

「失礼します」

カメラマンの桜庭は、俺と義母、続けてベッドに横たわる沙也香を見て、軽く一礼した。ゆるっとした白のオーバーTシャツに、黒のパンツ。かっちりした結婚式でのスーツ姿とはまるで印象が違って見える。

桜庭は、ずい、と見舞い用の小さな花かごを差し出した。片や彼の訪問をまったく予期していなかった俺は、しかめっ面でそれを受け取ってしまった。

「すいません、昨日の今日でいきなりお伺いしていいものか、迷ったんですが」

「わざわざお見舞いに来てくれたんですか？」

「まあ、はあ……」

いまいちはっきりしない返事だ。義母も思いがけない来客に戸惑っている。

「どうもありがとうございます。しかし大変ですね。ブライダルのカメラマンさんって、こういうことも仕事のうちなんですか？」

「いや、そういうわけでもないというか。そもそも昨日みたいなことって、少なくとも僕は経験したことないので」

俺は改めて桜庭の風貌を眺めた。歳は確か沙也香の一つ下で、二十三と言っていたか。まっすぐ通った鼻筋に、しゅっとした顎《あご》のライン。流行《はや》りの塩顔、というのはこういう顔を指すのだろう。くるくると無造作に伸びた黒髪からは切れ長の目がのぞいている。

よく見ると整った顔立ちをしているのだが、いかんせん不愛想なのが玉に瑕《きず》だと思った。顔を合わせるのはこれで四度目にもかかわらず、彼が笑ったところは一度も見たことがない。

仕事として見舞いに来たわけではない。ということは、個人的に？　俺と沙也香は彼にとって、言ってみればただの客に過ぎないはずだ。しかも彼の態度を思い返す限り、そこまで俺たち夫婦に思い入れがあったとも考えられなかった。

いったい何の用なのか。測りかねていると、

「奥様のご容体は」

と、短く桜庭が訊いた。

「医者の見立てでは急性の胃潰瘍だそうで。二週間ほど入院する予定です」

「あの、失礼ですがあなた……」

黙っていた義母が声を上げ、桜庭はまた頭を下げる。

「ご挨拶が遅れました、カメラマンの桜庭と申します。林田さんの結婚式と前撮りの撮影を担当していました」

「そう、桜庭さん」義母は突然の訪問者に訝《いぶか》しげな目を注いでいた。「昨日は大変ご迷惑をおかけしましたのに、お見舞いにまでお越しくださってありがとうございます。それで、今日は、お式の写真についてのお話でしょうか？」

なるほど、そうか。式場への支払いを済ませてある以上、あんな事態になったとしても、俺たちには写真を受け取る権利がある。……希望するかしないかは、さておき。おそらく桜庭はこちらの意向を直接訊きにやってきたのだろう。

ああ、今まで沙也香のことで頭がいっぱいだったところへ、さらに現実が、今後やるべきこ

とが、一気に覆いかぶさってくるようだ。身内とはいえゲストには正式に詫《わ》びを入れなきゃならないし、こちらが客側とはいえブライダル会社にもそれなりの挨拶はしておくべきだろう。

「奥様は今、眠ってらっしゃるんですか？」

桜庭は義母の質問に答えなかった。

「え？　ええ、昨日から目を覚ましてなくて」

「そうですか……」

と、低くつぶやいたきり、口を引き結んでしまう。

本当にこの青年は、何をしに来たんだろうか？

単なる見舞いじゃないはずだ。何か話したいことがあるのだろうとは察せられるが、本人は眉間にしわを寄せ、床を流し見るばかりで、さっぱり意図がわからない。

「……実は、お伝えしておきたいことがあるんです」

しばらくの沈黙を挟んで、桜庭は意を決したように言った。

「昨夜、お式の写真をひととおりチェックしていたら……あんなことになってしまったので、もう納品することはないかもしれないと思ったんですが、一応、写真の選別くらいはしておこうと考えまして」

そうだったのか。どうやらゲストだけでなくこの青年にまで、本来なら不要な気遣いをさせてしまっていたらしい。

「それで、奥様がバイオリンの演奏を始める直前の写真を見ていたら――」と、桜庭はディパックの中からタブレットを取り出した。「口で説明するより、実際に見てもらった方が早いかもしれません」

そう言って彼が見せてきた画面には、会食時のワンシーンを撮った写真が映し出されていた。俺たち夫婦もゲストもみんな食事をしたり、立って言葉を交わしあったり、自由気ままに場を楽しんでいる。俺がいかにも幸せそうに満面の笑みを浮かべているのが、今となってはやるせなく思えた。

「問題は、次の写真です」

こちらの心情を知ってか知らずか、桜庭はさっと画面に指を滑らせた。

次もだいたい似たような写真だ。下手側からの一枚。さっきと違うのは沙也香以外の全員が着席している点か。これが彼の言う、バイオリン演奏が始まる直前の写真だろう。が、ざっと見て、おかしいところは特に見当たらない。

「この写真が何か？」

怪訝《けげん》に思って尋ねると、

「ここです」

桜庭は画面に二本指を触れ、写真をズームアップした。

「よく見てください。……奥様のシャンパンの色、おかしいと思いませんか」

「——あっ」

彼が言っている意味を理解した瞬間、ぞわりと鳥肌が立った。少し遅れて義母も気がついたのだろう、「何なのこれ」とつぶやいて、口に手を当てた。

ズームアップされたのはテーブルに置かれた、沙也香のシャンパングラスだ。この日のために用意した、思い出の青いシャンパン――爽やかなスカイブルーであるはずの色が、明らかに、濃くなっている。隣に座る俺のグラスや義母のグラスと見比べると、その色の違いは一目瞭然だった。

桜庭に断ってタブレットを借り、一枚目と二枚目の写真を交互に見比べてみる。

一枚目、沙也香のシャンパンの色は、通常と同じスカイブルーだ。それなのに、二枚目でいきなり濃い青色に変化している。

「これ、光の加減ってことは?」

「ないです。グラスが何かの影に入っていたとしても、ここまで色味に差は生まれません」

ということは、つまり……?

駄目だ、混乱して考えがまとまらない。考えることを心が拒否しているみたいだ。

沙也香がこのシャンパンに口をつけているのを、俺はこの目で見ている。他とは違うシャンパンの色。つまり、これを飲んだから、沙也香は――。

ぐちゃぐちゃにかき混ぜられた思考が、とうとう一つの答えを導き出した。そんなはずはない。何かの間違いだろう。そう思いたかった。だが、どう避けようとしても、最後にはその答えにたどり着いてしまった。

「まさか、毒……!?」

桜庭を見やると、彼は神妙な面持ちでタブレットに目を落とした。

「わかりません。でも、僕ひとりの心に留《とど》めておくのも気が咎《とが》めて、とにかくお伝えしておかなきゃと思って、今日ここに来たんです」

「……そんなの、ありえないわ」

義母は茫然として言葉を失っていた。おそらく彼女の頭も今、俺と同じように混沌《こんとん》としているに違いない。

沙也香が、俺の妻が、毒を盛られた？

どうして、誰がそんなことを。やっぱりアレが関係しているのか。

もしそうだとしたら、考えたくはないがあの会場内に——笑顔で歓談し、俺たち夫婦に祝福の言葉をかけてくれたあのゲストの中に、犯人が——。

そこでやっと思い至った。

「そうだ、警察……警察に言わなきゃ」

慌てて桜庭にタブレットを返し、自分のスマホを取り出したときだ。

「待って！」

義母の鋭い声に、ビクッと体が反応した。

「それはよしてちょうだい。警察に連絡するなんて」

「何言ってるんですかお義母さん、沙也香が毒を盛られたんですよっ？」

すると義母はおそろしい表情で首を横に振った。

「よく考えなさい。お医者さまは胃潰瘍だってきっぱりおっしゃったんでしょう？　結婚式で倒れてあれだけの大騒ぎを起こしたばかりか、警察の厄介にまでなって、もしただの勘違いだったらどうするの？」

「いやでも、そんなこと言ってる場合じゃ」

「もしただの勘違いだったら」

と、義母は俺のスマホに片手を乗せた。

「あなただってわかってるでしょう？　ここは田舎よ。あなたが思っている以上に、ずっと、狭く閉ざされた世間なのよ」

思わず言葉を呑みこんだ。義母の言うことも理解できる。地方の田舎社会には、独特の情報網が張りめぐらされている。誰が誰とつながっているかも知れたものじゃない。よくない噂ほど、すぐにまわる。

が、だからといって黙っていろと？　この人はただ世間体を気にしているだけじゃないのか。自分が恥をかきたくない一心で、事の真相から目を背けようとしているんじゃないのか？

反発をこめて義母を見据えるも、相手は一向に意見を変えなかった。

「滅多なことをするもんじゃないわ。勘違いで疑ったりなんかしたらゲストの皆さんに――あなたにとっても一番の身内に、ごめんなさいじゃ済まないほどの迷惑をかけることになる。もう二度と顔向けできなくなってしまうかもしれない。そうなったら取り返しがつかないのよ。それでもいいの？」

「ですが、このままというわけには」

「ねえ、和臣さん」

一転して物思わしげな顔になったかと思うと、義母は、ベッドでいまだ眠る沙也香を目で指した。

「あなたが沙也香のために怒ってくれる気持ちは、母親としてありがたいと思ってるわ。でも、お願いだから落ち着いて考えてほしいの。これ以上の騒ぎになったら、沙也香のためにならないでしょう。この子は人一倍傷つきやすい。もしまた大きなストレスを抱えることにでもなったら……ね？」

義母の声はまるで、小さな子どもに言い聞かせるかのようだ。

俺は沙也香の姿を無言で見つめた。

沙也香は、俺がこれまでの人生で出会った誰よりも気が弱くて、トラブルに敏感で、いつも人に謝ってばかりいるような女だった。そんな臆病な沙也香がこれ以上傷つくことなんて、絶対にあってはならない。

沙也香のためにならないでしょう――その言葉が、何度も頭の中に繰り返された。悔しいが、義母の言うことにも一理ある。

安らかな表情で眠る沙也香を見ながら、俺は渋々うなずいた。

つくづくこんな経験は生まれて初めてだ。最高の気分から最悪の気分に突き落とされた上に――焦り、哀しみ、安堵、そして困惑。これほど色々な感情に揉まれて、胸が苛《さいな》まれるなんて、普通に暮らしていたらありえない。

ふと、腹の奥底から熱い感情がこみ上げてきた。このままで終わらせるだなんて冗談じゃない。義母が何と言おうとも、妻に悪意を向ける奴は、夫の俺が許さない。

だから、闘おう。


「待ってください！　桜庭さん！」

病院の駐車場まで駆けていくと、今まさに桜庭が車に乗りこもうとしているところだった。黄色のコンパクトカー。彼の印象にそぐわないポップな色合いだ。

こちらを振り向いた桜庭は、俺が追いかけてくるとは思っていなかったらしく、切れ長の目を見開いていた。

「すいません、わざわざ来てもらったのに、お見苦しいところを」

息を整えながら詫びると、相手は首を振った。

「気になさらないでください。僕はご報告に伺ったまでですから」

「あの、こんなお願いするのもあれなんですが、よければさっきの写真をもらえませんか？」

警察には言えない。沙也香にも言えない。

いいや、正しくは、まだ言わない。

「義母があ言うのも理解できるんですが、俺はどうしても腑《ふ》に落ちないんです。沙也香が倒れた原因には、何かしらの裏があるはずだ」

勘違いなんかじゃない。毒を盛った犯人は、実在する。

「ですから、自分で犯人を見つけようと思って」

「え、ご自分で？」

「はい。いち公務員に何ができるかわかりませんが、できる限りのことをするつもりです。警察に通報するのは、それからでも遅くない」

桜庭は俺の宣言に目をしばたたいていた。当然だろう。素人が捜査の真似事をしたところでたかが知れている。が、そのうち納得したように彼はうなずいた。そもそもこちらに渡すための写真だったのだから、断る理由もないのだろう。

「わかりました。じゃあデータでお送りします。必要なら、教会式からの全データをお送りしますが」

「いいんですか？」

「はい。ただかなり容量が大きいので、データ送信サービスを使ってお送りします」

「データ送信サービス？」

聞いたことがない。

「大量の写真データなんかを圧縮して送れるサービスです。こちらから送るＵＲＬをクリックしたらサイトに飛ぶので、そこに指定パスワードを入力してファイルをダウンロードしてください。ちなみにＬＩＮＥでも送れるんですが、アプリ内のブラウザからだとダウンロードできない場合もあるんでメールの方が確実です。ご自宅のパソコンでメールを開いてください」

機械類に弱いというわけではないけれど、全部を呑みこむのには少しばかり時間を要した。それにこの青年がこれほど饒舌《じょうぜつ》に喋るのを、俺は初めて見た。

「えっと、うちパソコンなくて……タブレットならあるんですけど」

「タブレットでも大丈夫ですが、アップル製品ですか？」

「や、アンドロイドです」

「なら解凍アプリが必要になります。すでに入っていればいいんですが」

「どうかな、たぶん入ってないかも」

「じゃあおすすめのやつを言うんでメモしてください。ああそれと、ダウンロードするときは容量に気をつけてくださいね。全部で八百枚近くあるんで、容量オーバーになる可能性が大ですから」

　はっきり言って、意外だった。

　彼がここまで丁寧に対応してくれる人間だとは、失礼ながら思っていなかったからだ。愛想がなくて、口数も少なくて、表情も乏しい。それが、桜庭に対する率直な印象だった。

　二ヵ月前、桜が満開のスポットでロケーション前撮りをしたときが、彼との初対面だった。ウエディングフォトともなればてっきり「いいですねぇー」とか「笑顔くださーい！」とか、カメラマンが和気あいあいとこちらの気分を上げてくれるものだと思っていたのに、彼の仕事ぶりは逆だった。体はあっちに向けて、もうちょっと近づいて、と立ち位置の指示をするだけの淡々としたもので、俺も沙也香も拍子抜けしてしまったくらいだ。

二十三歳。最近フリーに転身した。たまに個展を開いている。桜庭という青年について知っている情報はそれだけ。必要最低限のことしか話さない主義らしく、前撮りの合間に雑談をする中でそれしか聞き出すことができなかった。結婚式当日も世話になるから、俺としては少しくらい親睦を深めておきたかったのだが。

数日後、ちょうど用事があって沙也香と出かけた近辺で、彼の個展が開かれているのを思い出した。ついでならと顔を出してみたものの、当の本人は俺たち夫婦を見て、

——ああ、どうも。

と会釈をしただけで、にこりともしなかった。

できあがった前撮り写真自体は、俺たちにとって大満足の仕上がりだった。そこには二人の飾らない笑顔が輝いていた。きっと腕がいいからこそ若くしてフリーになれたんだろう。けど、せっかくなら、もうちょっと明るいカメラマンに当たりたかったな……なんてことを思っていたのだが、今こうして彼と向かいあう間に、俺は考えを改めた。

この青年なら、ひょっとして。

そんな閃《ひらめ》きが生まれた。

「これが安全な解凍アプリです。インストールしておけばタブレットでもデータを——」

「あの、桜庭さん」

前髪のかかった桜庭の目が、はたと俺の目を見た。

「昨日から、ご迷惑のかけどおしで本当に申し訳ない。ただ、迷惑ついでにお願いしたいこと

がありまして」

「何でしょうか？」

「さっきも言ったとおり、俺は犯人を自力で捜そうと思ってます。誰かが妻に毒を盛ったかもしれないと知って、何もしないではいられませんから。必ず見つけ出して警察に突き出してやるつもりです。……でも、情けない話ですが、俺ひとりじゃあまりにも心許《こころもと》なくて……なので、もしよかったら桜庭さんも協力してもらえませんか？」

「えっ⁉」

無表情だった桜庭の顔に初めて変化が現れた。驚きの色、そして、露骨に嫌そうな色。面倒なことに巻きこまれてしまった。そう言いたげな顔だ。こんなことなら見舞いになんて来るんじゃなかった、とすら思っているかもしれない。

「協力って、犯人捜しの、ですか」

「はい」

「……興信所に行かれた方がいいと思いますよ。申し訳ないですけど、僕だってただのカメラマンですから」

やっぱり断ってくるか。当然といえば当然だ。

「無理を言ってるのはわかってます。でも、お願いできるのは桜庭さんだけなんです。あなたはあの会場で事の次第を全部見ているし、何より毒が盛られたかもしれないことを知っているのは、俺と、沙也香の母、それに桜庭さん、あなたしかいないんですから」

義母の言葉に縛られているようだが、やはり地元の人間に事件について話すのはためらわれる。めぐりめぐって沙也香のメンタルに悪影響が及ぶかもしれないと思うと、どうしても関係者以外に頼むことは避けたい。その点、桜庭はうってつけの人物だった。

この青年なら信頼できる。俺の直感がそう告げていた。彼の人柄であれば事件についてぺらぺらと口外することもないだろう。

「お礼はもちろんします。ですから、どうかお願いします！」

深々と頭を下げると、相手は一歩後ずさった。年上の俺がここまで低姿勢になるとは予想外だったのだろう。

「いや、でも……」

「時間に余裕のあるときだけでいいんです。シャンパンの色の違いに気づかれたくらいですから、俺ひとりじゃ思いもよらない考えだって、桜庭さんなら思いつくかもしれない。三人寄れば何とやら、って言うでしょう？　その、今回は、二人だけですけど」

長い沈黙が流れた。

どれだけ男同士で睨《にら》みあっていただろう。やがて桜庭の口から、大きな嘆息が洩れ出た。

「……わかりましたよ。毒うんぬんの可能性を報告したのは僕なんで、まあ、ちょっと責任感じてましたし」

「本当に？　協力してくれるんですね⁉」

小さく、ごくごく小さくだが、桜庭は首を縦に振った。もっともその姿は、抵抗する頭を見えない力で押さえつけられたかのようだったが。

　駄目で元々だったけれど、おそらく彼も結婚式であんなことになった俺たち夫婦を、内心で案じてくれていたのだろう。律儀に写真をチェックしていたことや、わざわざ見舞い用の花を持って報告に来てくれたことからして、態度はさておき真面目な男だと思った。

　たった一人でも協力者を得られたことが、俺をいくぶん安堵させた。これから二人で、ひそかな犯人捜しが始まるのだ——ひょっとして推理小説に出てくる探偵も、こんな気分を味わっているのだろうか。

「言っておきますが、変な期待はしないでくださいよ。犯人捜しだなんて知識ゼロだし、何をどうしたらいいか見当もつきませんから」

　桜庭はそう低い声で釘を刺して、

「で？　林田さんは、見当、ついてるんですか」

「ええ」

　俺は病室から持ってきたカバンを探った。どうしていいやら知識がないのは彼と同じだが、手掛かりなら、ある。

「実はこれが、うちのポストに入っていたんです」

　取り出したのは一通の封筒だ。その中身を見るなり、桜庭の表情がいっそう険しくなった。

《赤ずきんちゃんへ　あなたの不幸を　心よりお祈り申し上げます》

彼が手にする便箋には、新聞や雑誌などから切り抜いたと思われる大きさもフォントもばらばらの文字が、不気味な一文を作り出していた。

「これ、もしかして怪文書ってやつですか」

桜庭は便箋を矯《た》めつ眇《すが》めつした。

「昭和の犯罪じゃあるまいし、いまどきこんな手の込んだことをするなんて。ちなみに、赤ずきん、というのは？」

「何を意味するのかは俺も沙也香もわかりませんでした。あと、それだけじゃないんです。封筒の中、写真が入ってるでしょう？」

確認するよう促すと、桜庭はふたたび封筒を探り、中から一枚の写真を取り出した。

「……？　何です、これ。暗いし、ぼやけすぎてて何が何やら」

「左側に写ってるのが人っぽく見えるというだけで、いつ、どこで撮られたものなのかもさっぱりなんですよね。沙也香もその写真に心当たりはないと言ってました」

「これが今回のことに関係していると？」

「その封筒、届いたのは一昨日のことなんです」

桜庭はハッと顔を上げた。

「一昨日ということは、式の前日？」

「ええ。朝、沙也香がポストにそれが入ってるのを見つけたんです。差出人の名前や住所もなし、切手もなし。うちのポストに直接入れたんでしょうね。当たり前ですけど、それを見て沙也香はかなり怖がってしまって」

「式を中止しようとは？」

「そういう話にもなったんですが、前日になってそれはさすがに無理だろうと。そしたら、あんなことに……」

　俺は後悔していた。

　どうしてあのとき、式を中止しなかったんだろう。式の前日だろうが何だろうが、不安がる沙也香の気持ちを最優先にしていれば、沙也香が毒を口にすることもなかったのに。

「封筒のことを知っているのは俺と沙也香だけで、義母にも言ってません。桜庭さんの撮った写真を見て、毒を盛った犯人は実在する、義母の言うような勘違いじゃないと確信したのは、この封筒があったからです。これを寄越した奴が、沙也香のグラスに毒を入れた。そのせいで沙也香は倒れた。そうとしか考えられません」

　なるほど、と桜庭は考えこむように腕を組んだ。

「ただ、医者は胃潰瘍だと診断したんですよね？　だとすると盛られた毒には、胃潰瘍を誘発するような成分が入っていたんでしょうか……そういうの、全然わからなくて。林田さんはどうですか」

「いや、俺もまったく」

「じゃあゲストの中に医者とか、薬に詳しい人とか、誰かいましたか？」

その瞬間、心臓が震えた。

無意識に頭の中である人物を思い浮かべ、まさか、と暗い気持ちがよぎる。でもそれは一瞬のこと。俺はその考えをすぐに打ち消した。なぜなら、その人物が犯人であるわけがないのだ。

黙ったまま首を横に振ると、桜庭はまた考えこんで、何事か思いついたらしく車の後部座席を探り始めた。

やがて取り出したのは小ぶりのスケッチブックだ。これも仕事道具の一つなのだろう。

桜庭はスケッチブックを開いてまっさらなページを探し、その中心に細い長方形と、小さな丸を書きこんだ。

「この長方形を長テーブル、丸をお立ち台と見立てて、会食のときの席次をここに書いてみてくれませんか？　名前と、お二人との関係、あと念のため年齢も」

そう言われてみれば彼は、ゲストにどんな人物が招かれていたか、はっきりとは知らないのだった。しかしこれは犯人捜しをする上で大前提となる情報だ。

俺はスケッチブックを受け取り、手書きの席次表を作った。

桜庭は俺が書いた席次表を見つめながら、「ああ」と声を洩らした。

「新婦側の席にいたこの男性、従弟《いとこ》の方だったんですね。てっきり弟さんかと」

「そうなんです。うちの妹と同じでまだ大学生なんですが、妻とは幼い頃からよく一緒に遊んでいたらしくて」

俺も彼の隣にまわって、一緒に席次表をのぞきこんだ。

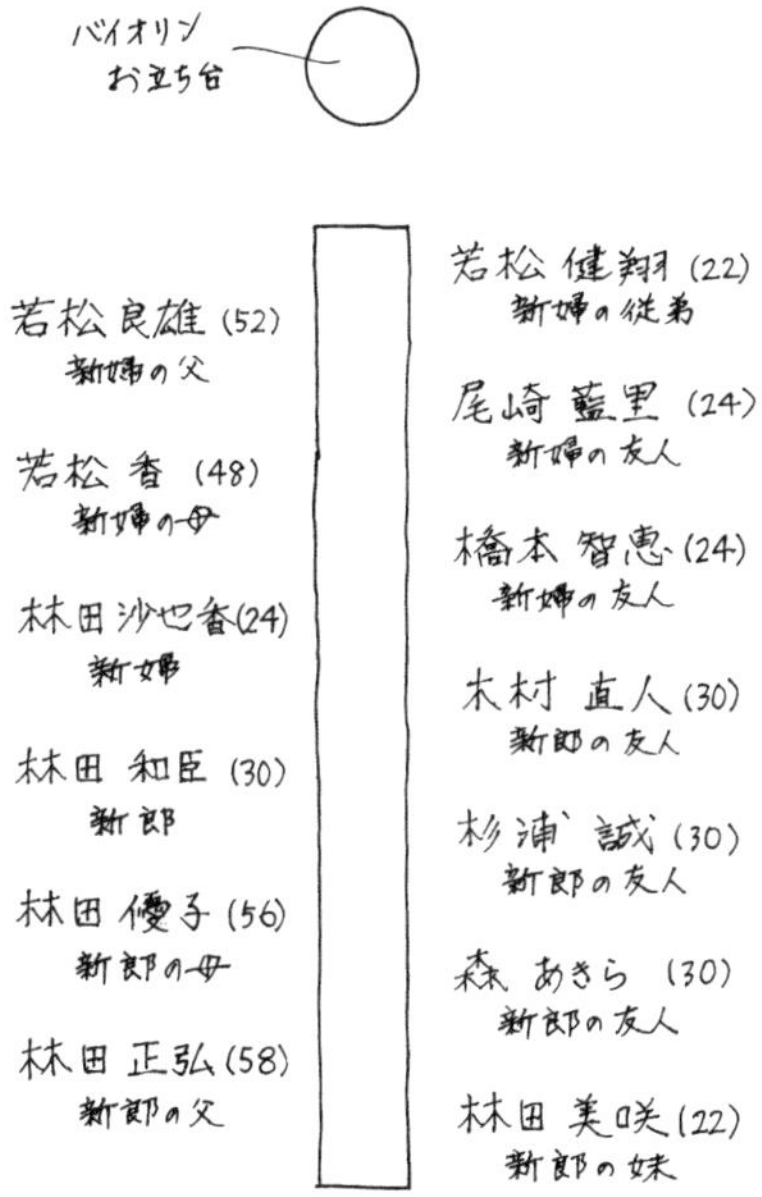

「容疑者は十一人、か……」

桜庭の何気ないつぶやきが、胸を衝《つ》いた。

容疑者だとか、ましてや犯人だなんて言葉を、自分の身内に当てはめて考えなきゃいけない日が来るなんて。大事な妻のためと身を引きしめても、やっぱり心にこたえるものがある。

「この中に犯人がいるだなんて、到底信じられません」

桜庭が窺うようにこちらを見た。

「いや、信じたくない、というのが偽らざる本音です。……だって、俺のゲストも、沙也香のゲストも、みんな、あんなにいい人たちなのに……」

スケッチブックに目を戻した桜庭は、俺の言葉に何も返さなかった。

二週間後、医者の見立てどおり沙也香は無事に退院した。点滴がよく効いたようで日に日に顔色がよくなり、心配された頭部にも、これといった異常は見つからなかった。

しかし体調が戻ってきたところで、心まで元どおりというわけには簡単にいかない。自宅マンションに戻り数日が経っても、沙也香は下を向いてばかりいた。

「ごめんね、カズくん。せっかくの結婚式だったのに。あれだけ頑張って二人で準備して、みんなにもわざわざ来てもらったのに、わたし、何てことを……」

涙声で謝られるのは、これで何度目だろう。

トラウマになっても仕方がないと思った。何しろ自分の晴れの舞台を、自分で台無しにしてしまったのと同じなのだから。

訊けば沙也香は、日に何度もあのときのことを思い出してしまうらしい。全員の視線を一身に集めている最中に、血を吐き、倒れ、意識が途切れるまでの一連の記憶を。フラッシュバックというやつか。思い出すたび恥ずかしさと、申し訳なさと、自分自身に対する不甲斐《ふがい》なさが一挙に押し寄せて、沙也香の心を責め立てるのだろう。けれども、

「そんな風に謝らなくっていい。誰も沙也香を責めたりしないよ」

落ちこんだ肩をさすってやると、沙也香は「ありがとう」と消え入りそうな声で言った。

そう。沙也香は何も悪くない。むしろ俺の妻は、被害者だ。

毒を盛られたという可能性は、やはり本人には伝えないでおいた。身内の中に自分への悪意を持った人間がいるかもしれないと知れば、沙也香は尋常でないショックを受けるだろう。そのせいでまた体に不調が起きないとも限らない。

黙って犯人捜しをするのは浮気を隠しているみたいで気が引けるけれど、終わってからじっくり腰を据えて話す方が、きっといい。終わってから――つまりは犯人の正体を突き止めたとき、だ。

とそこへ、インターホンが鳴った。沙也香はソファから立ち上がった。

「……はーい」

「来たよー、沙也香ー」

たちまち警戒心が、俺の体をこわばらせた。

「いらっしゃい、今開けるね」

スリッパを鳴らし玄関へと向かう妻を見ながら、俺はひそかに深呼吸をした。

――事件の容疑者ですけど、三人にまで絞れると思います。

病院の駐車場で連絡先を交換して以降、桜庭とはＬＩＮＥや電話でやり取りをしていた。その日、俺は仕事の休憩時間に彼からの電話を取った。

十一人だった容疑者が一気に三人にまで絞れるとは、どういう理屈か。電話口に問うと、

――毒を盛ることのできた人物が、三人しかいないんですよ。

と、桜庭は例の淡々とした口調で答えた。

病院で見せられた二枚の写真。毒入りと思われる濃い青のシャンパンを撮った写真からさかのぼって、正常なスカイブルーのシャンパンを撮った最後の写真の時間データを見てみると、その間隔は、およそ五分。桜庭はその五分の間も歓談するゲストたちの様子をあちこち撮影していたが、あいにく沙也香のグラスは写っていなかったという。誰がどのタイミングで沙也香のグラスに毒を入れたか、決定的な写真は残っていないというわけだ。

五分間の、空白の時間。

そこで沙也香と接触していたのは、俺を除けばたった三人しかいないと彼は言った。

——沙也香さんの友人二人と、沙也香さんのお母さんです。

——えっ……。

——空白の五分の中で、沙也香さんと友人たちを一緒に撮った写真があるんです。あれだけ接近していれば犯行は可能だったと思いますし、バイオリン演奏が始まる前まで三人一緒にお喋りしていたのを、僕は近くで聞いています。とはいえ三人の様子を注視していたわけではないので、確証はありませんが。

——ちょ、ちょっと待って、お義母さんも容疑者のうちに入ってるって言うんですか？　実の親ですよ？

動揺する俺とは対照的に、桜庭の声音は変わらなかった。

——席次表を思い出してください。沙也香さんの席の両隣は、林田さんと、若松香さんです。隣に座っていれば隙を見てグラスに毒を盛るのもわりかし簡単でしょう。それで、どうです？　この三人の中で、怪しいと思う人はいますか？

思いがけない問いかけに、俺はしばらく黙りこんでしまった。

まず義母の線はないと思う。桜庭の言うとおり可能性だけを考えるなら、なるほど義母にも犯行は可能だ。彼女がクセのある人だというのは桜庭も病院で会って感じたことだろう。だけど、実の娘を……たった一人の愛娘に危害を加えるなんてことをする親じゃない。俺はそう信じている。

とすれば、残るは二人。沙也香の友人たちだ。

正直、二人ともわるい人間にはとても見えない。人当たりがよくて、快活で、沙也香が高校時代から親しくしている、言わば「親友たち」なのだから。

けれど、あえて言うなら──。

「智恵さん。いらっしゃい」

「あ、和臣さんもいらしたんですね。突然すいません、お邪魔します」

リビングに入って俺の姿を認めた智恵は、明るい笑顔を見せた。

「外、雨降ってたでしょ。濡れなかった？」

「大丈夫だよ、車降りてダッシュしたから。もう梅雨入りだなんて嫌になっちゃうよねー。マジどんよりって感じ」

「ふふ、そうだね」

友人の気さくな物言いに、沙也香も頰をゆるめていた。だがおそらくは空元気《からげんき》だろう。その表情にはまだ弱々しさが残っている。

「そうだ、ケーキ買ってきたの。家の近くに新しいパティスリーができててね。和臣さんのぶんもあるんでよかったらどうぞ」

ケーキの箱を受け取った沙也香は紅茶を淹《い》れてくると言ってキッチンに向かった。一方の智恵はさっそくソファに腰かけている。彼女が俺たち夫婦のマンションを訪れるのは初めてではないのだが、それにしたって他人の家でリラックスしすぎなんじゃ……しかも沙也香は退院したばかりで、まだケーキなんて食べられる状態じゃないのに。無意識のうちに粗《あら》を探してしまうのは、相手を怪しんでいるせいか。

沙也香と智恵が顔を合わせるのは結婚式以来のことだ。血を吐いて倒れた友人を心配して会いに来た、と考えるのが普通なんだろう。だが犯人の目星をつけてしまった俺としては、その心配すら、本当かどうか疑わしく思えてくる。

「お邪魔じゃなければご一緒してもいいですか？　智恵さんがいらっしゃるなら俺は出かけた方がいいかと思ったんですけど、この雨なんでね」

やや緊張したが、自然に言えた。出かけるつもりなんて最初からない。犯人かもしれない人間と沙也香を二人きりになんて、とてもさせられないからだ。

「もちろんですよー！　こっちこそごめんなさいね、新婚さんのお家に押しかけちゃって」

そこへ沙也香がノンカフェインの紅茶を運んできた。沙也香は智恵とソファに座り、俺は斜め向かいのスツールに腰を下ろす。場が落ち着いたところで、待ってましたとばかりに智恵は沙也香へと体を向けた。

「で、どうなの沙也香、体の具合は？　ＬＩＮＥでは大丈夫って言ってたけど、本当にもう何ともないの？」

「ちょっとめまいがするときもあるけど、平気。家事をするぶんには問題ないよ」

「そっか、よかったー。もうほんっとに心配したんだから！　まさかお祝いの場で救急車を呼ぶことになるなんて夢にも思わなかったし。何が起きてるの？　ってパニクっちゃった」

「そうだよね、ごめん、せっかく来てくれたのに……」

「いいのいいの、気にしないで。沙也香が無事で何よりなんだから。ね、和臣さん」

同意を示すべく、俺はにこりと口の両端を上げてみせた。

「入院中も沙也香に毎日ＬＩＮＥを送ってくれたそうですね。お手間をおかけしました」

「いえいえ、あれくらいは。本当はお見舞いに行きたかったんですけど、どうしても都合がつかなくって」

「それでも沙也香にとっては励ましになったと思います。どうもありがとう」

するとと智恵は俺の顔をまじまじ見つめ、悩ましげに息を吐いた。

「いいなあ、沙也香。カッコいい上にこーんなに優しい人と結婚できて。うらやましくなっちゃうよ」

困ったような照れ笑いをする沙也香を尻目に、智恵はティーカップを手に取った。

「二人が出会ったのって、一年前でしょう？　式にも来てた、杉浦《すぎうら》さんでしたっけ、和臣さんのお友だち。あの方の紹介で出会ったんですよね」

「ええ、そうです。付き合い始めたのは半年前ですけど」

「そこからすぐにゴールインなんて、いわゆるスピード婚じゃないですか。はあ、憧れちゃうなあ、そういうの。やっぱり出会った瞬間にこの人だ！　って思ったとか？」

「いや、お互い一目惚れとかではなくて。何回か会っているうちに段々と、ですかね」

「へぇー」

智恵はしきりに「いいなあ」とうっとりした顔で繰り返していた。スピード婚といえばよく勇み足だとか短絡的だとか批判されがちだが、彼女はどうやら賛同派らしい。

「智恵は？　彼氏さんと最近どうなの？」

沙也香が尋ねた瞬間、どういうわけか智恵の顔色がさっと変わった。にこやかな表情が一転、能面のような真顔になって、遠くを見つめるような目からは光が失われている。

紅茶をひと口飲んだあと、重々しい声で、

「別れちゃった」

と、独り言のように言った。

「嘘、そうだったの……？」

「ちょうど一ヵ月前にね。結婚式を控えてる花嫁さんには言えなかったんだけど、彼、他の女と遊んでたんだ。わたしに隠れて二人で連絡取りあってるのに気づいちゃってさ。マジありえないよね」

沙也香を含む友人三人の中でも、智恵は恋人との交際期間が三年と長いから、きっと一番先に結婚することになるだろう。付き合いたての頃、そう沙也香が言っていたのを思い出した。が、現実は、予想どおりにはいかなかったようだ。

「ごめん。悩んでたの、気づいてあげられなくて」

「沙也香のせいじゃないもん。別にいいんだ、どのみち彼とはもう続かないだろうなってわかってたし。はーあ、恋愛って難しいよね。付き合った初めの頃は、絶対この人と結婚するんだって意気ごんでたんだけどなぁ」

「…………」

沙也香の近くについていているためとはいえ、さすがに気まずくなってきた。かといってこの会話の中でひとり黙々とケーキを食べるってのもどうなんだろう。そう思うと、俺は銅像のように固まっているより他なかった。

「そうだ！」

と、いきなり智恵が声を弾ませた。目にも光が戻っている。

「いいこと思いついちゃった。ねえ沙也香、今度一緒にお祓《はら》い行かない？」

「えっ、お祓い？」

やれやれ。沈んだ空気もどこへやら、さっそく出たか。

「そう、お祓い。だって、よく考えてみてよ。結婚式であんなことが起こったのは偶然だと思う？　わたしは違うと思うな。きっと、何か悪いものに憑《つ》かれてるからだよ。そうじゃなきゃおかしいもん」

これこそ、俺が智恵を疑う理由だ。

彼女はスピリチュアルに傾倒している節があって、何かあるとやれ波動が悪いだの、浄化が必要だのと騒ぎ、そのたび沙也香を困り顔にさせてきたのだった。偏見かもしれないが単純に「怪しいかどうか」という点では、彼女の思考は怪しいと言える。こういう些細《ささい》な引っかかりを大事にするかしないかが、捜査の成否を決めるんじゃないだろうか。

「お祓いかぁ」

「一度ちゃんとしたとこで見てもらった方が絶対いいって。車で連れてってあげるからさ。隣の市にいい先生がいるらしいんだよね。あ、言っとくけど変なツボ売ったりとかはないから安心して?」

何てうさんくさい話だろう。「悪いもの」とか「先生」とか、傍で聞いているとまるきり怪しい宗教の勧誘だ。

ずっと前にテレビの特集でやっていた。宗教の勧誘は、弱っている人の心につけこむ形で行われるのだと。まったくそのとおりで、今まさに気落ちしている沙也香には、智恵の言葉が響いてしまったようだ。

「うーん……そうだね。じゃあ、お願いしちゃおうかな」

「やったー。もしよかったら和臣さんもご一緒にどうです?」

「俺もいいんですか?」

「夫婦一緒にお祓いしてもらった方が、効果も倍増するでしょ？」

そんな掛け算で効果が変わるようなものなのだろうか。ともあれ、沙也香ひとりで行かせるよりはマシだ。何なら俺の都合がどうしてもつかないとか適当に嘘を言って、約束を流してしまった方がいいかもしれない。

しばらくの間、智恵はケーキをつつきながら別れた彼氏の愚痴をこぼしていた。「別にいいんだ」と言っていたわりには、相当うっぷんが溜《た》まっていたらしい。俺も時おり会話に参加しつつ、彼女の様子を観察していた。

が、そのうち、沙也香の様子がおかしくなってきた。笑顔で相槌を打ってはいるが、顔色が少し悪い。たまにこめかみを指で押さえる素振りも見られた。

「沙也香、もしかして気分でも悪いのか？」

そう問うと、沙也香はわずかにうなずいた。

「うん、またためまいがしてきて……ほんのちょっとなんだけど」

「やだっ、ごめん沙也香！　わたしの愚痴ばっか聞いて疲れちゃったよね」

「そんなんじゃないの。本当に、大したことないんだけど」

「でも念のため休んだ方がいい。智恵さん、ちょっと失礼しますね」

気弱な沙也香はそのぶん無理をしがちだ。自分の意思を表すのが不得手なばかりか、相手の気分を害さないようにと我慢までしてしまう。そんな性格だからストレスが溜まってしまうのだろうが、しかし、相手の気持ちを尊重するのは彼女の長所とも言える。それに沙也香が無理をしているなら、俺が気づいてやればいいだけのことだ。

寝室のベッドに寝かせ、ブランケットをかけてやると、

「ごめんねカズくん、心配かけて」

「まだ退院してそんなに日も経ってないから、体力が戻りきってないんだろうな。大丈夫、俺がちゃんと支えるよ」

やわらかな髪をなでながら言えば、沙也香は安心したように目を閉じた。

可哀相に。目の下にはうっすらとクマができている。ほとんど熟睡できていない証《あかし》だ。きっと、夢の中でもフラッシュバックに悩まされているのだろう。悪夢の中まで付き添ってやれないことが、もどかしくてならなかった。

絶対に、許さない。沙也香を、俺の妻を、こんな風に苦しめた悪人を。何があろうと俺が必ず、正体を暴いてやる——そう今一度、心に誓った。

「すいません和臣さん、沙也香に余計な負担かけちゃったかも」

リビングに戻ってみると、智恵が戸惑いがちにソファから立ち上がっていた。

「わたし、もう帰りますんで」

「いやいや気にしないでください。智恵さんのせいじゃありませんから。それより、もしまだお時間あればコーヒーでもどうですか？　せっかく来てくださったんですし」

「……いいんですか？」

上目づかいで確認する智恵に、「ええ」と俺はうなずいてみせた。

沙也香のことは心配だが、図らずも智恵と――最も怪しい容疑者と、サシで話せる。これはまたとないチャンスだ。

「智恵さんは、沙也香と高校一年のときから同じクラスだったんですよね」

キッチンでコーヒーの用意をしつつ、それとなく話題を振ってみる。

まずは沙也香に危害を加えるだけの動機がないか、探るとしよう。

「そうです。ラッキーなことに二年、三年とずっと同じクラスで。藍里もそうですよ。部活は違ったけど、その他はいつも三人一緒にいたんです」

「本当に仲良しだったんですね」

「あはは、そうですね。わたし、中学のときは違う市に住んでたんですよ。だから知り合いがいない高校に進学することになって嫌だなあって思ってたんですけど、入学式のときに思い切って沙也香に話しかけてみたら、すぐに仲良くなれて」

「高校卒業後は？」

「わたしはすぐ就職しました」

「そういえば地銀に勤めてるって、沙也香から聞いたような」

「そうそう、高卒でそこに就職したんです。卒業して三人ばらばらになっちゃったけど、昔からの友だちって本当にいいものですよねえ。何でも気兼ねなく話せるし、今も会って顔を見るだけで安心するというか」

リビングに戻り、コーヒー入りのマグカップをテーブルに置いている間も、智恵は調子よく喋り続けていた。

「沙也香から結婚するって聞いたときも、わたし、ほんとに嬉しくって。あの沙也香が結婚かぁと思ったら、変な話ですけど、何だかしみじみしちゃったくらいで」

「高校時代の沙也香は、どんな感じだったんですか？」

どう探りを入れようかと考えながら、とりあえず会話を続けてみる。マグカップを手に取った智恵は「んー」とあいまいな返事をした。

「今とあんまり変わらないですよ。大人しくて、ほわんとしてて。まあ、積極的なタイプではなかったかな。そこがいいとこですけどね」

部活は茶道部。合唱コンクールはソプラノ担当。文化祭で劇をすることになっても、音響係で裏方に徹していた。……目立たず、いつも隅っこで本を読んでいるような女の子。高校生の沙也香が目に浮かぶようだ。

片や智恵も思い出話に気分が乗ってきたらしい。

「二年のときね、沙也香が女子トイレでいきなり泣き出したことがあったんです。びっくりしてどうしたのって訊いたら、実はその前日の放課後、三年の先輩たちに呼び出されたって言うんですよ。スカートの丈が短いとか、調子乗ってるとか、めちゃくちゃ詰められたそうで」

「そういうのって本当にあるんですか。その、女子が先輩に呼び出されるとか」

「時代遅れだと思いますよね？」

当時の感情がよみがえったのか、智恵は憤慨して語気を荒らげた。

「田舎だから普通にあったんですよねーこれが。たぶん和臣さんも気づいてないだけで、クラスの女の子の何人かは似たような目にあってたと思いますよ？」

男子でも先輩に詰められることはあるにはあったが、女子のそれを想像すると、陰湿なものを感じてぞっとした。

「それから沙也香、ずっとふさぎこんじゃってね。ただでさえ臆病な性格なのに、一人でトイレへ行くのも怖がって我慢して、具合悪くなっちゃったりして。だから私と藍里で一緒についていくようにしてたんですけど……そうしているうちに、何か、意味わかんないと思うようになって」

なぜ沙也香が、何の非もない沙也香が、こんな風におびえなければいけないのか？　高校生だった智恵はそう考えたのだという。

「訊いたら藍里も同じ気持ちだったみたいで。だから二人してキレに行ったんですよ」

「その先輩たちのところへ、ですか？」

いけない。いつの間にやら相手の話に引きこまれてしまっている。動機を探るつもりだったのに……。

一方で智恵は当然と言わんばかりにうなずいた。

「だって卑怯じゃないですか。たぶんその先輩たち、見るからに気弱そうな沙也香をわざわざ選んで因縁をつけたんですよ。自分たちの憂さ晴らしのためにね。くっだらない。和臣さんも、理不尽だと思いません？　大の親友がそんなことされたら誰だって放っておけないでしょ？　だから休み時間に先輩たちの教室に乗りこんで言ったんです。

何も言い返せない後輩をいじめて楽しかったですか？　すっきりしましたか？　だいたいスカートが短くてあんたらに何の不利益があるの？　一つ学年が上ってだけで、あんたらこそ調子乗ってんじゃねーよ！　ってね」

「おおー」

思わず感嘆の声が洩れた。シンプルに、やるな、と思った。

日本の中学校、高校において、先輩という存在は絶対に逆らえない暴君のようなものだ。大人になればその馬鹿馬鹿しさを悟るのだが、視野の狭い子どもにとっては学校こそが世界であり、先輩こそがルール。しかし智恵と藍里は、そのルールに盾ついたのだ。

他ならぬ、大の親友のために――。

「その先輩たち、わたしらの正論に何も言えなくってね。クラスメートが見てる前だったからきっと恥ずかしさもあったんでしょう、真っ赤な顔でわなわな震えちゃって」

ふん、と智恵は鼻を鳴らした。

「それからも何度か沙也香をターゲットにしてちょっかい出してくる輩《やから》がいましたけど、全部わたしと藍里で撃退してやりましたよ」

「そうでしたか……お二人が一緒にいてくれて、沙也香は心強かったでしょうね」

本心からの言葉だった。

すると智恵は、ふっと表情を陰らせた。

「和臣さんもご存知でしょうけど、ほら沙也香って、ちょっぴり不安定なところがあるでしょう？」

その目が思案げに、先ほどまで沙也香が座っていたスペースを見た。

「脆《もろ》いというか、気が弱すぎるというか。あの子には誰かがついていてあげなきゃ駄目なんです。卒業して沙也香が料理の専門学校に通ってたときも、それを痛感したことがあって。わたしがついていてあげられれば、と何度思ったかわかりませんよ。こっちはもう働いてたから、学校にもバイト先にもついていくなんて現実的じゃないってわかってるんですけどね。コンカフェでバイトしてたときも――」

そこで相手はハッとしたように言葉を切った。

しまった、という顔だった。

「コンカフェ？」

聞き捨てならない単語じゃないか。

「いえいえ、何でもないんです」と、智恵は奥歯に物の挟まった言い方をする。「今のは忘れてくださいね？」

「コンカフェって、コンセプトカフェってやつですよね」

繁華街で女の子がアニメキャラなどのコスプレをして立っているのを、俺も目にしたことがある。ナース系、アニマル系、アイドル系、と種類は様々だ。実際に入店したことはないが、「お兄さん」と甘ったるく声をかけられたり、料金の説明を無理やり聞かされたりしたこともある。

あれと同じことを、沙也香が？

「……水商売みたいなものですよね」

「そ、そうとは限りませんよ？　女の子がお客さんとして来ることも多いみたいですし、わたしも何度か沙也香のお店に――」

そこまで言って、また口が滑ったのに気づいたらしい。もうごまかしきれないと観念したか、智恵はばつが悪そうに唇を引き結んだ。

若干、ショックだった。水商売が悪いと決めつけているわけではないけれど、自分の妻が主に男相手のバイトをしていたと知れば、どうしたって複雑な気持ちになる。

数秒ほど、俺たちは互いに微妙な顔で黙りこんだ。

「あの、誤解しないでほしいんです」

ややあって、智恵が重い口を開いた。

「沙也香がコンカフェでバイトしてたのは、生活費のためだったんです。あの子が高校卒業と同時に一人暮らしを始めたって話は知ってますか？」

「……ええ、本人から聞きましたが」

「実家から専門学校までは遠いから一人暮らしをするしかなかったんですけど、沙也香の親御さん、専門学校の学費は出しても生活費は出してくれなかったみたいで。だから自分で稼ぐしかなかったんです。その点、コンカフェは実入りがいいですからね。

沙也香の働いていたお店はおとぎ話をテーマにしていて、白雪姫とかシンデレラとか、雪の女王とかの格好をした女の子たちが働いていました。その中で、沙也香は赤ずきんに扮《ふん》していたんです。あの子が自分で選んだコスプレですよ」

「赤ずきん――」

これで怪文書の謎が一つ解けた。

あの中にあった「赤ずきん」とは、まさしく沙也香を指していたのだ。つまり犯人は、沙也香の過去をよく知る人物ということか。

沙也香本人は怪文書を見た瞬間に、それに気づいていたはずだ。なのに心当たりはないと言い切るなんて……とはいえ、沙也香はコンカフェで働いていた過去を、夫である俺に知られたくなかったんだろう。だから知らないふりを決めこむしかなかった。おそらくは秘密を抱える罪悪感に、胸を痛めていたんじゃないだろうか。

絵本で見るような、赤いずきんをかぶった少女の出で立《いた》ち。か弱くピュアな赤ずきんの姿が、沙也香の姿と重なった。

「他のおとぎ話のヒロインと違って、赤ずきんなら露出も少ないでしょう？　そういうところもちゃんと気をつけてたんだと思いますよ。それに、こうも考えられませんか？」

智恵は言った。

あれほどシャイな沙也香が、客と密に会話するバイトをわざわざ選んだのは、自分を変えたかったからじゃないか――。

「つまり、自分の殻を破るためだったと？」

「わたしはそう思います」

彼女の考えは的を射ているように思えた。沙也香があえて苦手な人付き合いの特訓を自分に課したのだとすれば、なかなかどうして、健気《けなげ》な話じゃないか。ショックを受けるほどのことじゃないかもしれない。

「ごめんなさいね、ついうっかり変なことを喋っちゃいました。でも実際、沙也香は変わりましたよ。シャイなところは昔のまんまだけど、それでも高校の頃に比べたらずいぶん社交的になった。まあ、和臣さんの影響が大きいのかもしれませんけどね？」

「いやあ、ははは」

「……ねえねえ和臣さん。よかったら手を見せてくれません？」

「えっ、手、ですか？」

「わたし、手相を見るのが得意なんですよね。これがけっこう当たるんですよ」

戸惑う俺に、智恵は「いいからいいから」と笑顔で手招きをする。言われるがまま隣に移動すると、相手も腰を浮かしてこちらにぐっと距離を詰め、俺の手を取った。

お互いの息がかかるほど近く、膝が当たっていたけれど、あえて避けるのも変な感じだ。それに智恵も特に気にしていないようだった。淡いグレーのネイルをした指先が、俺の手の甲に添えられ、もう片方の指先が手の平をなぞり始める。彼女の手は少しひんやりとしていて、何だかくすぐったいような、むずむずするような気分だ。

「ああ、やっぱり」

智恵は俺の手の平を見つめ、ささやき声で言った。

「やっぱり和臣さんって、優しい人ですね。優しくて、正義感があって、誰かのために動ける人。こうと決めたら突き進むことのできる強さもある。そういう男気のある人って、なかなかいないんですよ？　とっても素敵だと思います」

と、彼女は不意に視線を上げて、俺の目を間近にのぞきこんだ。

「和臣さん、沙也香と結婚してくれてありがとう。和臣さんが〝理解のある彼くん〟で本当によかった……。沙也香には今まで大変なこともたくさんあったけど、だからこそ、あの子が幸せになることが本当に嬉しいんです。これからも彼女のことをよろしくお願いしますね？　もし何かあればいつでも、何でも言ってください。沙也香のためなら、わたし、いくらでも協力しますから！」

熱い言葉とともに、彼女の両手が、包みこむように俺の手を握った。

智恵の表情や言葉はどれも、沙也香のことを心から思いやるものだった。親友である女子同士の友情はきっと固いままなんだろう。今までも、これからも。夫としてありがたいことだと、素直に思った。

やっぱり腰を据えて話すというのは大事だ。そうでなければ彼女の印象は悪いままで終わっていた。失礼にも、疑いの目を向けたままだったに違いない。

「こちらこそありがとう。智恵さんもどうかずっと、沙也香の友だちでいてやってください」

すると握られた手に、ぎゅっと力がこめられた。ひんやりしていながらも優しい力だ。もちろん、と智恵が微笑む。

外ではじめじめとした雨が降り続いていたが、俺の心は晴れやかだった。


「いやいやいや。晴れやかな気分になってる場合じゃないでしょ」

和臣の報告を聞いて、ツッコまずにはいられなかった。

これまではＬＩＮＥや電話でちまちまとやり取りを重ねてきたが、週末にでもまた会って話そう。報告したいこともある。そう和臣が提案してきたのは三日前のことだ。ならばと自分のスタジオに来てもらうことにした。林田夫妻のマンションからこのスタジオへは車で二十分ほどだし、ファミレスや喫茶店のように知り合いがいないかどうか気にする必要もない。

そうして今、和臣の口から容疑者の一人である橋本《はしもと》智恵に関する報告を聞いたのだが……はっきり言って、呆れてしまった。

「林田さんって、国立の大学出て市役所勤めしてるんでしたよね。この地域じゃ立派なエリート組じゃないですか。そのわりには何というか、使えないんですね」

「な、何だよそれ、失礼だな」

しばらくやり取りを交わす間に、和臣はだいぶ砕けた物言いをするようになっていた。病院で畏《かしこ》まっていたときとは大違いだ。それは、自分も同じなのだが。

思い返してもあのときは本当に面食らってしまった。写真チェックでシャンパンの色の違いに気づいたときも相当驚いたものだけれど、まさかそれを報告しに行ったら、犯人捜しに協力してくれと頼まれるなんて。

何で自分が、と思った。忙しいから断りたかったのに、結局は押し切られる形で承諾してしまった。我ながらとんだ安請け合いをしてしまったものだ。

とはいえ、純粋な興味もあった。あの祝福に満ちた結婚式に、いったい、どんな悪意がうごめいていたのだろう――それを知りたいという野次馬根性が働いたことも否めない。

まして、あれだけ熱意をもって犯人を見つけ出すと豪語していた和臣なら、素人ながらも頭脳をフル回転させて容疑者をどんどん追い詰めていくことだろう。自分はそれをほんのちょっと手伝うくらいで済む、と軽く見積もっていたのだ。

なのに実際はどうだろう。

「話してみたらやっぱりいい人だった？　犯人じゃなさそうですって？　林田さん、甘すぎ。あと呑気にも程がありますよ」

容疑者への探りを入れるはずがいつの間にか話に引きこまれた挙げ句、相手のファンになってしまうとは。この調子では先が思いやられる。

実を言うと、はじめ自分の中では和臣も容疑者のうちに入っていた。若松香と同様、沙也香さんの隣の席にいた和臣なら、シャンパンに毒を入れることは容易だったろうから。だが彼のお人好しすぎる性分が判明した今、その可能性は早々に消え失せた。

「だって、智恵さんと話して本当にそう思ったんだ。怪しい言動だって特になかったし」

「だから甘いって言ってるんですよ。だいたい、被害者の家をのこのこ訪ねておきながらあからさまに怪しい言動をする犯人がどこにいるんです？」

これにむっとしたのか、和臣は口を尖《とが》らせた。

「桜庭くんだって智恵さんと話せばいい人だって確信するさ。〝沙也香と結婚してくれてありがとう〟なんて、本気で沙也香のことを親友と思ってなきゃ言わないだろ」

「普通の人はたとえ親友でもそんなこと言わないと思いますけど。親でもあるまいし、どの立場から言ってるんだ？　って感じですね。そもそも親友なら病み上がりの友だちに長ったらしく愚痴を洩らすのは控えるもんじゃありませんか？」

「そ、それは」

「コンカフェのことだって本当にただ口を滑らせただけかどうか、怪しいもんですね。しかも高校時代のくだりに至っては、ほとんど沙也香さんの話じゃなくて自分の武勇伝じゃないですか。先輩から詰められて泣いてたなんて話、旦那に対して〝あんたの嫁はこんなに弱いんだ〟ってディスってるのと同じですよ。お祓いに行こうって話も単に自分が行きたいだけだろうし、沙也香さんを心配しているように見せてはいるけど、言葉が全部サブすぎ。本心はどうだかわかったもんじゃありません」

「そんな言い方しなくっても……桜庭くんこそ、人を疑いすぎなんじゃないか？」

はあ、と意図せずため息が出てしまった。

たぶん和臣は、「理解のある彼くん」という言葉を額面どおりに受け取っている。相手から小馬鹿にされている可能性には微塵《みじん》も気づいていないのだろう。その場にいたわけでない以上は断定できないが、もしかしたら和臣自身が気に留めていないだけで、智恵の怪しむべき言動は他にもあったかもしれない。

「あのですね、林田さん。忘れてるみたいなんで言いますけど、今、僕らは何をしているんです？　何のために顔見知り程度の僕まで巻きこんだんです？　沙也香さんに毒を盛った犯人を捜すためなんですよね？　だったら、何でも疑ってかからないでどうするんですか」

和臣はみるみるうちに威勢をなくし、やがてしゅんとうなだれてしまった。声を荒らげるまではしなかったけれど、少々言いすぎただろうか。

が、これでは犯人の尻尾《しっぽ》をつかむどころか、尻尾を視界に捉えることさえ永遠にできないままだ。これが和臣ひとりだったらなおさら無理だったろう。そう考えると自分を無理やり巻きこんだのは彼なりの英断だったと言える。本来なら自分が気張る義理もないのだが……まあ、乗りかかった舟だ。中途半端に放り出すのも性に合わない。

気を取り直そうとしたとき、黒い影が一つ、自分と和臣が向かいあうテーブルの上に飛び乗ってきた。真っ黒な体に輝く黄金色の二つの瞳が、自分の顔をじっと眺めている。

「ああ、幸子《さちこ》。昼寝の邪魔しちゃってごめんな」

つやつやの毛並みをなでてやると、黒猫の幸子は満足そうに目を細めた。今までスタジオの隅にある猫用ベッドで寝ていたのが、物々しい空気を察して心配してくれたのだろうか。それともただうるさいと抗議しに来ただけか。おそらくは後者なのだろうけど、それでも心が癒やされた。

「幸子って、その子の名前？」

和臣は不思議そうな顔で自分と幸子とを見比べている。

「そうですよ」

「猫の名前ってミルクとかマロンとか、そういうのが多いと思ってたけど」

「女の子だから幸子。普通が一番でしょ」

「そういうもんなの？」

ははは、と和臣がおかしそうに笑う。幸子をなでながら自分も少しだけ頬をゆるめた。猫はいい。猫自身にそのつもりはなくても、自然と周りを和ませてくれる。当の幸子はなでられるのに飽きたのか、テーブルから降りると撮影機材の間を通り抜けてベッドに戻っていった。

フリーになって構えたこのスタジオは、築五十年の古い平屋をリフォームしたものだ。元々3DKだった居住スペースの間仕切りを取り払い、広々としたワンルームに仕上げた。作業台となる大きなテーブル、機材と小物、本棚を置いても広さは充分。ミニキッチンもついているし、奥には布団を敷けるスペースもある。風呂はないが、車ですぐのところにスーパー銭湯があるので問題ない。

フリーになるためやっとのことで用意した資金は、ほとんど環境作りで消えてしまった。けれどその甲斐あって、このスタジオは自分でもかなり気に入っている。ここで幸子と暮らし始めてから、はや一年が経つ。

「カッコいいよな、このスタジオ。何だかアトリエみたいでさ」

和臣がスタジオを見渡しながら感心したように言った。

「それはどうも」

「桜庭くんって、彼女いないの？」

出し抜けな質問だった。

「いませんけど」

「そっか。もし気になる子ができたらここに連れてきなよ。このスタジオを見たら女の子のテンションも爆上がりするだろうからさ。ただでさえカメラマンってカッコいいイメージだけど、この仕事場を見たら余計そう思うよ。俺だって今テンション上がってるもん。しかもかわいい猫ちゃん付き」

確かにリフォームにはこだわったつもりだが、そこまで褒めてもらえるとは思わなかった。幸子のことをかわいいと言われたのも、純粋に嬉しかった。

「……それはそうと、犯人捜しの件ですよ。頼まれてたやつ、できました」

そばに置いてあったタブレットを起動すると、気の抜けた様子でスタジオを眺めていた和臣は、慌てて表情を引きしめていた。

彼に見せたのは、例の林田宅のポストに投函されていたという封筒——そこに怪文書ととももに入れられていた、謎の写真のデータだ。それに何が写っているのかわかるようにできないかと、病院で別れる際に和臣から頼まれていた。

「預かった写真をスキャンして、明度や色味を調整してみました。これでちょっとは解像度が上がったと思いますが」

「どれどれ……うーん、まだ暗いしぼやけてるな。でも、この、左側に写ってるのって」

「たぶん、沙也香さんですよね」

険しい顔でタブレットを睨んでいた和臣は、間を置いてうなずいた。

「ああ。間違いないと思う。横を向いてるし表情もほとんど見えないけど、立ち姿とか雰囲気からして、沙也香だ」

どうやらこの写真、横向きに立つ沙也香さんをやや離れたところから撮影したものらしい。隠し撮りだろうか。

写真の左側に立つ彼女の視線は、右側にある何かを見下ろしていた。

「何だろうな、これ。岩？　か、ゴミ袋にも見えるような。もう少しはっきり見ることはできないの？」

「無理ですね。元の写真の状態があれだけ悪いので」

そうか、と和臣は残念そうにうなった。

「改めて見て、何かわかったことはありますか？」

「この写真の沙也香、制服を着てるように見える。学生の頃の写真なんだろう。中学生か、高校生のときか……。なあ、そもそもの話だけど、この時代にこれほど写りがよくない写真ってのも珍しくないか？　沙也香の学生時代っていったらほんの数年前だ。なのに、何だかわざと写りを悪くしてるみたいだ」

「……なるほど。そう言われれば確かに」

和臣はその後もぶつぶつと独り言《ご》ちていたが、結局、写真から事件のヒントを得ることはできなかったようだ。しかしながら、

「このシーンが何を示しているのかはわからないけど、これで一つはっきりした。これを寄越してきた奴は、間違いなく沙也香に対して何かしらの悪意を持っている。そしてそいつが、結婚式で沙也香に毒を盛った」

そいつ、という言葉からは、和臣の怒気が感じられた。

「学生時代の沙也香を知ってるとなると、やっぱり智恵さんと、藍里さんになるのか。桜庭くんが言うようにお義母さんって線もあるにはあるけど……」

「もう一度、会食のときの写真を洗ってみましょうか。林田さんはそのタブレットを使ってください。僕はこっちのノートパソコンで見返してみますから」

タブレットに入れてあったデータファイルを開いて、和臣に手渡す。さらにはノートパソコンでも同様にファイルを開き、会食が始まった一枚目——和臣がウエルカムスピーチをしているシーンから、一枚ずつ写真を確認していく。

あの日撮った写真は全部でおよそ八百枚。会食のときだけでも四百枚にのぼる。その膨大な

写真群を時系列に沿って見返してみれば、何か怪しいもの、不審な動きをしている人物が写りこんでいるかもしれない。

和臣によるウエルカムスピーチ。乾杯の様子。歓談の様子。新郎新婦のケーキ入刀。沙也香さんが大きなスプーンでケーキをすくい、それを和臣がほおばっているシーン。

何の変哲もない、よくある幸せな結婚式。写真からはゲストたちの笑い声が聞こえてくるようだ。このときは誰も、想像すらしていなかった。たった数十分かそこらの後に、あんな悲劇を目の当たりにするなんて。——ただ一人、犯人を除いては。

誓いの言葉で「いいえ」と言ったらどうなるだろう。そんな不謹慎な想像にふけったこともあった。けれども自分は決して、花嫁が真っ赤な血で染まるのを見たかったわけじゃない。あの光景は、ある意味ではドラマティックと言えるのだろう。グロテスク寄りのアーティストなら喜んでカメラを向けていたかもしれない。でも、あんな悪趣味なシーンは……自分なら、頼まれても撮りたいとは思わない。

「あ、そうだ」ふと和臣が声を発した。「誰か歓談中に動画をまわしてなかったかな？　ひょっとしたら、犯人が沙也香のグラスに近づいてるところが撮れてるかも」

いい発想だとは思うが、しかし、

「残念ながらそれは難しいでしょう。バイオリン演奏中ならともかく、特に見せ場もない歓談時に動画をまわす意味はあまりないですから。あのときも皆さん料理やお喋りに夢中で、スマホを手にしていた人自体いなかったと記憶してます」

「そっか……」

めいめい写真を見返し始めてから、どれだけ経っただろうか。

テーブルの向こうをちらりと見れば、和臣の左手薬指にある指輪が目を引いた。ひねり加工が施された、小さな石付きの結婚指輪。素材は定番のプラチナか。愛と幸せの象徴が、彼の指で悠然ときらめいている。

和臣の表情は真剣そのものだった。時おり、その顔がゆるんだかと思ったら、次の瞬間にはたちまち暗い影が差す。きっと幸福な時間を思い返すごとに、思考が今直面している現実に引き戻されてしまうのだろう。幸せいっぱいの過去と、暗澹《あんたん》たる現在とを何度も行き来するうちに、疲れてしまったのか、

「……こんなはずじゃ、なかったのにな」

と、つぶやきが洩れ聞こえた。

「お二人のなれそめって、どんな感じだったんですか」

ノートパソコンに目を戻しながら訊いてみる。特に興味があったわけじゃない。それに出会いのエピソードなら会食のとき簡単に紹介されていたのを覚えている。けれど、男が二人きりで沈黙しているのもしんどいものだ。

するとこの問いかけに気が紛れたらしく、和臣は座ったまま伸びをした。

「一年くらい前に、友だちの紹介でね。俺の大学時代からの友だちなんだけど……ほら、式にも来てた、こいつだよ」

言うとタブレットをこちらに向けて、写真に写る一人を指し示した。杉浦誠。教会式の最中にヤジを飛ばしていた男。喫煙スペースで一服していたうちの一人だ。

「しばらく彼女もいなかった俺に、フリーでいるのも飽きただろって紹介してくれたのが沙也香だったんだ。確か、誠の友だちの友だちって話だったな。

初めて沙也香と会ったときの印象は、大人しい子だなって、その程度だった。人見知りだからかほとんど喋らなくて、ちょっと大人しすぎるって思ったくらいでさ。でもいい子だっていうのは感じてたから、それから何度か二人でメシ行ったり、映画館とか水族館とか行ったり、まあ当たり障りのないデートをしてたわけ。ただ、それ以上の関係には発展しないだろうって、そのときは思ってたんだけど……。

去年の秋頃だったかな、実家の近くまで車で送っていく帰り道、沙也香の様子がいつもと違ったんだ。話してる口調はいつもどおりなんだけど、表情がいやに硬いというか、悩みを抱えてるような気がした。それで訊いてみたら、実は心療内科に通ってるって言うんだ」

「心療内科？」

それは穏やかじゃない話だ。

「うん。勤めてたパティスリーも休職することになったって聞いて、驚いたよ」

何でも当時の職場であるパティスリーでトラブルがあったために、沙也香さんは心を病んでしまったそうだ。そのトラブルの原因となったのが、グルメサイトだった。

店名を訊くと、彼女が働いていたのは市内で人気の店だった。自分も数年前にグルメ情報誌の撮影で足を運んだことがある。店内に小さなイートインスペースがあって、あたたかなレンガ調が印象的な内装だった。確か市内の本店だけじゃなく、隣接する市にも支店を出すほど繁盛していたはずだが。

そのパティスリー本店、つまり沙也香さんの働いていた店が、複数のグルメサイトで低評価をつけられたのだという。

「実際に見てみたら星一つな上に、レビューもかなりひどくてさ。しかもその内容ってのが、名指しはしてなかったけど明らかに特定の店員をこき下ろしていたんだ」

「もしかして、それって」

「そう。沙也香だよ」

写真のファイルをいったん閉じ、ブラウザで検索をかけてみる。

あった。〈パティスリー・プールヴー〉。グーグルの平均レビューは星四・二か。まずまずの人気度と言える。次いでクチコミ欄をクリックし、数多く連なるレビューの投稿を昨年の秋までさかのぼっていく。

不意に、スクロールの手が止まった。星五つか、悪くても三つの投稿が続く中で、星一つの投稿はいやに悪目立ちして見えた。

「〝味はいいけど、店員の態度がサイアクです。後ろにも人が並んでるとわかってるだろうに、の～んびり、ゆ～っくり箱詰めして、合間に他の店員とお喋りする始末。見たところ若いけど、まったくの新人というわけでもなさそうなのに。しかもバーコード決済のやり方がわからないので教えてほしいとお願いしたら、じゃあ現金で払えと突っぱねられました。当方、確かに機械オンチのおっさんではありますが、もうちょっと優しく対処してくれてもいいのでは？　ちなみに二十代前半の女の店員です〟……これですか？」

低評価レビューを読み上げると、和臣は顔をしかめて首肯した。当時このパティスリーで働く二十代前半の女性は、沙也香さんしかいなかったという。

他のグルメサイトもいくつか見てみると、やはり同様、昨年のちょうど同じ頃に低評価のレビューが書かれていた。

《出張ついでに評判のパティスリーでお土産を、と思ったら、とある店員の対応がトロすぎてびっくりしました。声も小さすぎて何を言っているか聞き取れず。うーん、期待していたのに何だかなあ。ミディアムヘアを下ろした女性店員です。まとめにくい微妙な長さなのでしょうが、飲食店なんだからせめて帽子の中に入れるとかした方がいいんじゃないですかね》

《数年来このお店のファンで、子どもの誕生日にはいつもここのホールケーキを注文していました。家族の毎年の楽しみです。

しかし今年、いつもと同じように予約していた誕生日ケーキを取りに行ったら、ネームプレートに違うお子さんの名前が……。作る人も人間ですし間違いはあるでしょう。それ自体はいいのですが、名前が違うことを二十代前半くらいの女性店員さんに伝えたら、なぜかいきなり涙目に。何で？　どういうこと？　怒鳴り散らしたわけでもないのに、私の顔がそんなにおそろしかったのでしょうか。

ついには会話が成り立たなくなってしまったので上の人が出てきて謝ってくれましたが、間違いを指摘しただけで泣かれてしまい、何だか気分の悪いまま誕生日を祝う羽目になりました。大好きなお店でしたが、嫌な思い出ができてしまったので、もう行くことはないでしょう。残念です》

……読んでいるだけで、胸が重くなってきた。

自分もグルメサイトをよく利用する。事前にレビューを見て、衛生面が芳しくない店や店主のアクが強い店を避けられるのは、客側にはとても便利だ。ところが巷《ちまた》ではサクラを雇って自身の店の評価を上げたり、反対にライバル店の評価を下げたりする飲食店もあるのだとか。人為的に操作された評判かどうか、客側が判別する術《すべ》はない。レビューというものは便利である反面、人間の判断力や、自ら五感で確かめようとする気力を奪ってしまう。そして店側も、レビューに踊らされ、一喜一憂させられる。

おそらく〈パティスリー・プールヴー〉もまた、これらの低評価レビューを見て焦りに駆られたのではないだろうか。

「このレビューに書いてあること、どこまでが本当の話か、沙也香さんに訊きましたか？」

「もちろん訊いたよ。沙也香いわく、確かにバーコード決済のやり方がわからないって言ってきたおっさんがいたらしい。でもそこに書いてあるみたいに低姿勢の態度じゃない。〝わかんないから代わりにやって〟って、強引にスマホを押しつけられたんだと。店員が客のスマホをいじるわけにはいかないから、現金でもお支払いできますよって提案したら、そんなレビューを投稿されちゃったってわけだ。ひどい話だろ？」

その他、沙也香さんとしては決してのんびり箱詰めしていたつもりはなく、本人なりに急いでいた。他の店員と喋っていたのは業務上の話。誕生日ケーキのレビューに関しても、本人の言い分はレビュアーとまったく異なるものだった。

ネームプレートの名前が違うと指摘してきた中年女性は、せっかくのお祝いなのにこんな間違いをするなんて客をナメているとしか思えない、金は払わないと、平謝りする沙也香さんを十数分にわたって責め続けたらしい。想像するに、店のミスにかこつけてタダで商品を持ち帰る算段だったのだろう。ねちねちと文句を言われ続ければ、社会経験の浅い女性なら涙目になってしまってても無理はない。

しかしながら、どうにも妙だ。これだけ沙也香さん個人に言いがかりをつける投稿が、同じ時期に続出しているなんて。少し調べてみた方がいいかもしれない。

そう思ってノートパソコンを眺める間、和臣はなお当時を振り返っていた。

「ただでさえそんな悪質レビューで心を病んでたっていうのに、そのパティスリーの店主がまた、根性の曲がった野郎でな。休職中の沙也香をわざわざ喫茶店に呼び出して、退職を迫ったんだ。〝うちの経営もそこまで余裕ってわけじゃないし、これ以上休みが続くようなら、他の人を雇いたいんだけど〟とか言ってさ。どうせ自主退職って形にさせたいからあんな言い方したんだろうけど、まわりくどくって聞いてて腹が立ったよ」

「え？」

聞き流すつもりだったが、思わず反応してしまった。

「林田さん、その場にいたんですか？」

ああ、と和臣は平然とした顔で言った。

「店主から呼び出しの連絡があったことを沙也香から聞いて、一緒に行こうかって言ってみたんだ。指定されてたのは平日だったけど、有休もうまいこと取れたし」

「だけどその頃は、沙也香さんとまだ付き合ってなかったんですよね？」

「うん。でも、一人で行かせるのは可哀相だろ？　あの店主はわるい奴だよ。従業員が勤務中のことでメンタルをやられたっていうのに、心配もしないわ、慰めもしないわ、おまけに今後どうしたいかって沙也香の意思を訊こうともしなかった。沙也香の性格上、二人きりの対面で迫られたら、辞めますと言うしかなくなる。それもあいつは計算ずくだったんだろうな。だから俺も一緒に行こうかって提案したんだ。せめて誰かがついてってやれば、沙也香も少しは心強いだろうと思ってな。ま、彼氏でもないのに同席するのはさすがにってことで、俺は無関係を装って隣のテーブルに座ってただけなんだけど」

「いや、それでも充分すごいですよ」

自分だったらそんなことは思いつきもしない。

「そこまでするなんて、林田さん、その頃から沙也香さんのことが好きだったんですね」

すると和臣は自問するように斜め上を見やった。

「んー、どうかなあ。不安そうな沙也香の顔を見て、放っておけないと思ったんだ。実際、店主が用件を済まして先に帰ったあと、沙也香は喫茶店でぽろぽろ泣いててさ……。そのとき決めたんだ。この子は、俺が守ろう。俺はこの子を守りたいんだ、って。あれが付き合うきっかけになったのは事実だな」

沙也香さんはそのままパティスリーを辞職した。和臣は、メンタルが万全になるまでは専業主婦でいいと彼女に伝えてあるそうだ。高給取りとまではいかないにせよ、公務員の収入は安定している。沙也香さんが焦って働く必要もないのだろう。

「まあそんな感じでメンタル病みがちなもんだから、ここだけの話、うちの親は沙也香との結婚に反対してたんだ。そんな不安定な子と一緒になって大丈夫なのか、しかも交際半年かそこらでゴールインなんて早すぎるんじゃないかって。でも俺は心を決めてたし、沙也香以外には考えられないと思った。沙也香も俺との結婚を強く望んでくれてた。だから親の反対を押し切って結婚したんだ」

どれだけ彼女を愛しているか。

どれだけ彼女に必要とされているか。

和臣の語りにちりばめられた、沙也香さんへの熱い思い。その根底にあるものを、人は善意と呼ぶのだろうか。

「……林田さんって、優しいんですね。それだけメンタル弱い人と、ましてや結婚なんて、僕なら絶対ビビっちゃうな」

和臣はこそばゆそうに笑っていた。

「まあ、普通はビビるかもな。でも夫婦ってのは支えあいが肝心だろ？　それに、男なら惚れた女を守ってやらないと」

「そういうものですか」

「ああ、そういうもんだ」

その後も和臣はタブレットで写真を確認する傍ら、沙也香さんとのノロケ話を問わず語りに話し続けた。新婚という肩書きを持つと、誰しも周りに愛を振りまかずにはいられなくなるのだろうか。最初にこちらから話題を振った手前、「もういいです」とも言いにくい。次第に疲れてしまって、生返事しかしていなくとも、得々と語る和臣には関係ないらしかった。

ここ数日で、林田和臣という人間が概《おおむ》ねわかった気がする。

和臣は、わるい人間ではない。けれども純粋すぎるきらいがある。彼に結婚式の撮影秘話を話して聞かせたら、果たしてどんな反応をするだろう。

——かなり人数は少なめだけど、いい式だよな。何よりあいつが落ち着いてくれて、心底ほっとしたよ。

——うっわ、何それ。もしかして当てつけ？

——え？　あーいやいや、そっちの話じゃなくてさ。

カメラマンは結婚式の間、会場中を動きまわる。時には機材や必要な道具を運ぶために会場と駐車場を行ったり来たりもする。そこで新郎新婦にはとても聞かせられないようなゲストの本音、あるいは噂話を、嫌でも耳にしてしまうことがある。

結婚式はある意味で人間関係の究極の縮図だ。そこには愛情や友情と同じくらい、関係性の綻びや、軋轢《あつれき》が、参列者たちの意図するしないにかかわらず浮かび上がってくる。

林田夫妻の式も例外じゃなかった。だけど、新婚生活を満喫している和臣には……今こうして幸せそうにノロケ話をしている彼には、何も言わないでおこう。他人の幸せに水を差すのは、満たされていない人間のすることだ。

「ん？　誰か来たんじゃない？」

不意に和臣が耳をそばだてた。確かに玄関ドアの向こうで、コツコツと足音がする。こちらへ近づいてきた足音は、ドアのすぐ前で止まった。

「こんにちはー。桜庭くん、お邪魔するわねー」

勝手知ったる様子でスタジオ内に入ってきたのは、近所に住む米村《よねむら》さんだ。

「あらやだ、お取りこみ中だった？」

米村さんは入るなり和臣の姿を認め、目を丸くする。和臣も急な来客に戸惑いながら会釈を返していた。

「仕事じゃないんで気にしないでください。幸子ならいつものとこにいますよ」

「あらあ、さっちゃん、こんにちはー。今日はね、さっちゃんにウェットフードを持ってきたのよ。よかったらあげてちょうだい」

「そんなにたくさん、いいんですか？」

「ネットでカリカリをセット注文したら、ウェットフードのおまけもいっぱい送ってきたの。

でもうちの子たちってカリカリしか食べないじゃない？　だからさっちゃんにあげようと思って。あとこれはわたしからのおまけ。ボールのおもちゃね」

「助かります。最近、普通の猫じゃらしに飽きたみたいだったので」

猫用フードやおもちゃの入ったビニール袋を受け取りつつ、幸子に声をかける。黒猫はベッドで薄目を開けていたが、お土産を持ってきてくれた客を見ても一向に腰を上げようとしなかった。淡白な奴だ。でもそれがいい。

ふと、視線を感じて見ると、和臣がぱちぱちと瞬きをしていた。

「ああ、こちら米村さんです。ここの近所に住んでる猫飼いさんですよ。米村さん、こちら林田さんです。えっと――」

和臣との間柄をどう説明したものか。迷った末に、「知人です」とぼかすことにした。

「まあまあ、突然うるさくしちゃってごめんなさいね。桜庭くんとは猫仲間なのよ。一年前この近所で野良猫が子猫を産んじゃって、里親を探してたら、そのうちの一匹を桜庭くんが引き取ってくれることになって」

「へえ、そうだったんですね」

和臣はこちらの顔をじろじろ見つめ、何やら意外そうな顔をしている。

引き取ってくれて、と米村さんは言うが、その実は無理やり押しつけられたようなものだ。スタジオを構えて近隣に挨拶まわりをしていたところ、米村さんは挨拶もそこそこに子猫を飼ってくれないかと言ってきた。実家で昔猫を飼っていたことはあるが、今は忙しくて子猫の面倒なんかとても見られないし、機材に動物の毛がつくのも困る。そう断ってもなかなか退《ひ》いてくれず、結局はこちらが折れる形で一匹を譲り受けた。元々スタジオは単なる仕事場で、他に寝泊まり用のアパートを探す予定だった。でも幸子の世話をするため、スタジオを仕事場兼自宅にすることとなった。

最初こそ強引な米村さんを恨めしく思ったものだが、今となっては感謝している。多忙なカメラマン業務の中で幸子と触れあうと心が回復する。それに、米村さんも米村さんで責任を感じていたらしく、幸子の様子を見にちょくちょく訪れ、仕事で長時間スタジオを空ける際は代わりに世話をしてくれているのだった。

「今でこそ大きくなったからいいけど、子猫のときは本当に大変だったと思うわ。ミルクをあげたり、定期的に動物病院に連れていったり。わたしもお手伝いさせてもらったとはいえ、ほとんど桜庭くん一人で育てたようなものよ。さっちゃんも桜庭くんのことが大好きでね。いつもはツンとしてても夜は必ず一緒に寝るんですって」

「あの、米村さん……」

「それにご飯だって、桜庭くんがあげたものしか食べないのよ？」

彼女は話し出したら止まらない。和臣も呆気《あっけ》に取られている。どうしたものか考えあぐねていると、

「きっと桜庭くんのことを親か彼氏みたいに思って――あらっ？」

米村さんは唐突に声を裏返した。

「ねえこれ、もしかして、若松さんとこの娘さんじゃない？」

驚いて和臣と顔を見あわせる。

米村さんの視線は、テーブルの上に置かれたタブレットへと注がれている。そこには和臣と並び立って微笑む沙也香さんが写っていた。

米村さんは、彼女を知っているのか？

「間違いない。沙也香ちゃんだわ。小さい頃の面影が残ってるけど、まあ綺麗《きれい》になって……ねえ、一緒に写ってるのはあなたじゃない？　ひょっとして、沙也香ちゃんの旦那さんなの？」

「は、はい、そうです」

「びっくりね！　まさかこんなところで沙也香ちゃんの旦那さんに会うなんて」

——ここは田舎よ。あなたが思っている以上に、ずっと、狭く閉ざされた世間なのよ。

若松香の言葉は、まったくもってそのとおりと言えた。どこで誰が誰とつながっているか、本当にわからないものだ。

どうして沙也香さんのことを知っているのか尋ねると、米村さんは昔、別の町、つまりは若松家の近所に住んでいたそうだ。それで当時小学生だった沙也香さんとも、顔見知りだったという。

「あの頃、確か沙也香ちゃんは小学校高学年だったから、今はもう二十二か三かしら」

「二十四です」

和臣はいまだ驚きを隠せない様子だ。

「そう、時が経つのは早いわねえ。沙也香ちゃん、近所でも評判のお嬢さんだったのよ。口数が少ない子だったけど、大人しくてお利口さんで、バイオリンがとっても上手で。コンクールでもいつも一番だったから、お母さんの大の自慢でね」

当時を振り返りながら、しかし、米村さんは不意に視線を落とした。

「若松さん、いずれは沙也香ちゃんを海外の音大に留学させるって言ってたっけ。一流のバイオリニストになるために毎日練習して、英会話教室にも通って。お母さんにとっても大変な努力だったと思うわ。わたしも知り合いが有名人になったら嬉しいと思ってひそかに応援してたんだけど、あの怪我さえなければねえ……」

「怪我？　事故か何かですか？」

「沙也香は小六のとき、体育の授業で左腕を複雑骨折してるんだ」と、和臣が補足した。「運動会で組体操ってあっただろ？　あの練習をしてるときにな。沙也香は体が小さかったから、ピラミッドの一番上に乗ってたそうなんだけど、立ち上がった瞬間、土台役の子たちがぐらついて、それで」

てっぺんから地面に落ちた、ということか。それはかなりの重傷だったに違いない。

「リハビリで日常生活は支障なく過ごせるまでに回復したらしいけど、バイオリニストになるには、ちょっとな」

「確かにプロ級の繊細な指づかいをするとなると、難しいかもしれませんね」

「そうなのよ。だから沙也香ちゃん、一流のバイオリニストになるって夢をあきらめるしかなくなっちゃって……。あのときの若松さんの憤りようといったら、もう、すさまじかったわよ。噂によると学校まで乗りこんでいって、あんな危険で無意味なことをやらせるとは何事だ、責任取れって、すごい剣幕で担任と校長先生に詰め寄ったとか」

まあ、あの母親ならそうなるだろうな。

「それ以降、その小学校では組体操が取りやめになったって聞いたわ。だけど、そうなっても沙也香ちゃんの怪我がなかったことにはならないでしょう？　バイオリンの夢が消えてしまってからは若松さん、しばらく憔悴《しょうすい》しきっちゃって」

「…………」

若松さん、とは、若松香のことだろう。沙也香さんでは、ない。

「挨拶しても心ここにあらずって感じなの。娘さんの夢をあれだけ一生懸命に応援してたんだから、無理もないだろうけど。見ていて痛々しいほどだったわ」

何だろう。何かが引っかかる。不慮のアクシデントと、夢をあきらめざるを得なかった娘、そして落胆する娘思いの母親。話を聞く限りでは気の毒な不幸話なのだが、まるでささくれのように小さな違和感を覚えるのは、どうしてだろう。

程なく米村さんは夕飯の支度をすると言って気忙《きぜわ》しく帰っていった。見れば壁の時計は六時を指している。

「俺もそろそろ行くよ。沙也香がどうしてるかも心配だし」

和臣もタブレットを置いて立ち上がった。長いこと写真と睨めっこをしていたのも空《むな》しく、犯人捜しの新たなカギを見つけることはできなかった。

と、そこへ幸子がやってきた。黒猫はテーブルの上にひらりと飛び乗り、和臣に向かって鳴き声を上げる。

「どうも林田さんのことを気に入ったみたいですね」

「え、そうなの？　それは嬉しいな。ありがとう、えっと、幸子ちゃん」

ぎこちなく言ったのも束の間、和臣は噴き出した。

「やっぱり猫に幸子って、変な感じだよ」

「そうですかね」

奇をてらったつもりはないのだが、他人にはそう思えてしまうのか。いまいち腑に落ちないでいると、

「ところで桜庭くんは？　下の名前、何ていうの？」

一瞬、フリーズしてしまった。

「ほら、名刺とかもらってないじゃん？　今まで苗字しか知らなかったし、何となく」

彼に他意はない。そんなことはわかっている。だけど、その質問は、できればしてほしくなかった。

しばらく閉口していたが、ただ名前を訊かれているだけなのに答えないというのも変だ。本当は答えたくない。でも、訊かれてしまった以上は、致し方ない。

「……蒼玉《さふぁいあ》です。桜庭蒼玉」

和臣は口を半開きにしたまま、目を見開いて、何を言うでもなくこちらの顔を凝視していた。予想どおりの反応だ。予想どおりすぎて笑えてくる。

まさかのキラキラネームじゃん――。

きっと内心で、こう思っているに違いない。生まれてこの方、何度こういう反応をされてきただろう。そのたび何度こうして、苦々しい気持ちを味わったことだろう。

美しく輝く宝石の名は、自分にとって呪いに他ならない。だから、言いたくなかったんだ。


「ただいまー」

結婚して沙也香と暮らす場所こそが帰るべき自分の家になっても、実家に行くとつい、ただいまのひと言が口をついて出る。条件反射というものか。

とはいえ、変わったこともある。実家に「におい」があると知ったことだ。他人の家に行くと感じるその家特有のにおい。住人たちの暮らしのありようが、床や壁紙に染み着いたにおい。それを感じるようになったということ自体、俺がもはや別の場所で生きているということを実感させるようで、寂しくもあり嬉しくもあった。

沙也香も、実家に戻ると同じ思いに駆られるのだろうか。とりわけ沙也香は苗字も変わって「林田」の人間になったから、「若松」を離れた切なさを感じているかもしれない。もしそうでも、それ以上に、俺と同じ苗字になったことを喜んでくれていたらいい。

林田沙也香。

俺が言うのも何だが、なかなかいい名前だと思う。なんて、こんなことを考えるのは新婚でのぼせているからか。また誠やあきらにいじられてしまいそうだ。

「あ、お兄ちゃん。来たの」

リビングに行ってみると、妹の美咲《みさき》がソファに座っていた。

「父さんと母さんは?」

「町内会の集まりで出かけた。またゴミ出しルールがどうとか神社の修繕がどうとか話しあわなきゃいけないんだって。田舎ってマジだるいよねー。しかも町内会費がいくらか知ってる? 年間一万超えだよ? それで強制ってどーなの?」

話し相手がいなくて退屈していたのか、美咲はスマホを見ながらぺらぺらと不平をまくし立てた。

「ま、どこもそんなもんだろ。それより母さんからナス持ってけってＬＩＮＥ来たんだけど、どこに置いたか聞いてないか?」

「知らなーい。台所探してみたら」

言いながら美咲はごろりとソファに寝転がった。青春真っ盛りの大学生のくせに、いつ会っても妹はだらだらとスマホにかじりついている。出かけるときは外行きの態度になるものの、いかんせん普段とのギャップが大きすぎるのだ。沙也香なら家にいるときでも、こんな風にだらしなくソファに寝そべったりしないのに。

やれやれとため息をつきつつ台所に向かってみると、隅に小さめの段ボールを見つけた。メモには《和臣へ　沙也香さんによろしくね》と母さんの字が書かれてある。

「何か色々入れてくれてるな。ナスにトマトに、お、水まんじゅうまで。これ、沙也香が好きなんだよなあ」

さすが母親。結婚前はあれこれ反対していたけれど、今は沙也香のことを大事な嫁として気遣ってくれているのだろう。心の中で感謝していると、

「そうそう、沙也香さんはどうしてるの？　もう元気になった？」

と、美咲が問いかけてきた。家族のグループラインではほとんど発言しない美咲だが、こちらもやはり沙也香のことを義姉として心配していたらしい。

美咲と沙也香は偶然にも同じ女子中学校の出だった。県内で唯一の私立女子中学校だ。

性格がまるで違う沙也香と妹を引きあわせた当初、俺は両親に反対されていたこともあって内心ではらはらしていた。が、出身中学が同じとわかるやいなや、美咲と沙也香は一気に打ち解けた。しかも学年が二つしか離れていないため、当時、学校内ですれ違っていた可能性も大いにあったようだ。誰が担任だったか。部活は何をしていたか。あの名物司書と話したことがあるか。と、二人の会話は思いのほか盛り上がっていた。俺にはよくわからないが、女子校という場所には一種独特な仲間意識があるらしい。

「沙也香ならだいぶ元気になったよ。まだもう少し安静にしといた方がいいだろうけどな。今

日実家に行くって言ったら、父さん母さんやおまえによろしくってさ。あと、結婚式のこと、本当に申し訳ないって」

「あー、激ヤバだったもんね、あれは」

我が妹ながら、ストレートすぎる発言だ。とはいえ何も沙也香を非難したいわけではないということは理解している。

「あたし、あれからしばらく寝られなかったんだ。寝ても怖い夢ばっかり見るようになっちゃってさ」

「おまえ、血が苦手だもんな」

「そうなんだよね。沙也香さんが倒れたときも、さーって血の気が引いちゃって。何が起きてるのか訳わかんなくて、みんなが救急車呼んだり沙也香さんに呼びかけたりしてても、突っ立ったまんま何もできなかった。それが何か、申し訳なく思ったというか」

あの事件は沙也香や俺ばかりでなく、ゲストそれぞれの心にも暗い影を落としていたのだ。沙也香の身を案じて心を痛め、妹の場合は、沙也香のために何もできなかったことに心を痛めた。……そう思うと、いよいよ許せない。

今この瞬間も、犯人はのうのうと日常を過ごしているんだろう。想像するだけで腸《はらわた》が煮えくり返るようだ。この怒りを、いつか必ず、犯人にぶつけてやらなければ。

「でも元気になったって聞いて安心したわー。全快したらまたうちに連れてきてよね。たぶん沙也香さん、うちの親に顔合わせづらいと思うけど、そこはお兄ちゃんがうまくフォローしてあげなよ？」

「わかってるって。父さんと母さんに伝えたいこともあるしな」

「何、伝えたいことって」

「沙也香と話したんだけど、実は結婚式をもう一回やろうかって思ってるんだ」

「へえー、いいじゃん。あんな終わり方じゃ沙也香さんも哀しいだろうしね。あ、そしたらまた、同じカメラマンさんを呼ぶの？」

どうしたのだろう、美咲の言葉は急に尻すぼみになっていった。

「そこまではまだわかんないけど。桜庭くんがどうかしたのか？」

「ふーん。あの人、桜庭っていうんだ……」

「そう。桜庭蒼玉《さふぁいあ》」

「サファイア？　それが下の名前？」

美咲はあんぐりと口を開けた。その目は点になっている。たぶん俺も本人から下の名前を聞いたとき、こんな顔をしていたんだろう。

「びっくりだよな。桜庭くんってクールな印象だし、キラキラネームとはあんまり結びつかないっていうか。本人も自分の名前を嫌ってるみたいでさ、言いながら暗い顔になってたよ。詳しくは訊かなかったけど、名前のことで過去に色々あったのかもしれないな」

「あー、中学んときにも見たわ、名前でいじられちゃってる人。そんなことでいじる奴とか、しょーもな！　って感じだったけど。……きっと桜庭さんも、大変だったんだろうね」

しおらしい物言いに、ぴんと来た。

美咲の奴、さりげなさを装ってはいるが、桜庭のことが気になっているに違いない。確かに彼は不愛想だがなかなかのイケメンだ。

ここはひとつ、兄としてひと肌脱いでやってもいいかもしれない。

「よかったら、紹介してやろうか」

「え？」

「前に彼氏ほしいってぼやいてただろ。桜庭くんの連絡先も知ってるし、向こうも今はフリーらしいぞ？」

「いや、いいよ別に。紹介とかだるいでしょ。それに向こうはあたしのこと、覚えてないだろうし」

言いながら美咲はぷいとそっぽを向いてしまった。だが態度とは裏腹に、その横顔は何かを期待しているようにも見える。たぶん気恥ずかしくて心にもなく拒否しているだけなんだろう。こういうときに限って素直じゃないんだから、うちの妹は困ったものだ。

「まあそう言うなって。おまえがどういうタイプがいいのかは知らないけど、とりあえず会うだけ会ってみればいいじゃん。桜庭くん、マジでいい奴だからさ」

その瞬間、美咲の顔からすうっと表情が消え失せた。

俺の目を正面から見据えたかと思うと、

「あのさあ、男っていっつもそれ言うよね」

と、白け顔でため息をついた。

「〝あいつ、マジいい奴だから！〟って。何なのそれ？　調子いいことばっかり言っちゃってさ。そうやって今まで紹介された中で本当にいい人なんか、一人もいなかったんですけど」

意味がわからない。何で、俺が責められる流れになるんだ？

「桜庭くんのことが気になってるんだろ？　だったら――」

「そりゃちょっといいなとは思ってたけど、今ので冷静になったわ」

「何でだよ？　せっかく紹介してやるって言ってるのに」

「じゃあ訊くけど、お兄ちゃん、あたしと桜庭さんが合うって本当に思ってる？　二人の相性がいいって思ったから紹介してくれるの？　フリーの男とフリーの妹がいたから、ちょうどいいじゃん、くっつけてやろう。その程度の思いつきじゃない？　ちゃんと相性を考えた上で紹介してくれるなら嬉しいけどさ、そうじゃないなら無責任だよ」

ここまで悪《あ》しざまに言われなきゃならないことだろうか。せっかくよかれと思って提案したのに。桜庭は引き取り手のいない子猫を愛情こめて育てるような、心優しい青年だ。実の兄がいい奴だと断言しているんだから、信じておけばいいものを……。

「あ、もう時間。あたし出かけてくるから、戸締まりお願いね」

言うだけ言った美咲は、さっさとテーブルの上のカバンを手に取った。

「どこ行くんだよ？」

「友だちとお茶。インスタでバズってたカフェに行ってみるんだ。じゃあねー」

今しがたの白け顔が嘘のように、妹は意気揚々と出ていってしまった。

女子大生というのは難しい生き物だ。出会いを求めていながらも、そこには厳格なマイルールがあるらしい。相性なんて、俺にわかるはずないじゃないか。そんなものは二人が決めること。まず話してみないことには相性も何もないだろうに、あいつは出会いにまで完璧さを求めすぎなんだ。確かに桜庭くんは気難しいところがあるから美咲の手に負えるかは微妙だが、まだ二人とも二十代前半。そんな若くして冒険をおそれているようじゃ、妹の先々が思いやられてしまう。

そう嘆いていたら、ポケットの中のスマホが鳴った。

噂をすれば何とやらか。

「もしもし」

『桜庭です。林田さん、今いいですか』

相変わらず淡々とした口ぶりだ。

一瞬、妹とのやり取りを愚痴ろうかと思ったが、理性がそれを止めた。

「大丈夫だよ。どうした?」

『こないだはすいません。何か、無理やり帰したみたいになっちゃって』

「ああ……」

スタジオに行ったあの日——帰り際、蒼玉というキラキラネームを聞いて面食らっていたところへ、一人の中年女性が挨拶もなく入ってきたのだった。米村さんとは別の女性だ。

その人には見覚えがある気がしたのだが、いつどこで見たのか思い出せない。どうやら桜庭にとっても予期せぬ来客だったようで、やたらと顔を曇らせていたのが記憶に残っている。

「ちょうど帰るつもりだったし別にいいよ。ところで、あの人――」

『あれから一つ気づいたんですが』

と、桜庭の声が俺の声にかぶさった。単なるタイミングなのか、故意に俺の話を遮ったのかは、電話越しにはわからなかった。

『沙也香さんの働きぶりにケチをつける投稿がグルメサイトに載ったって話、してましたよね。気になってあの後も調べてたんですけど、明らかにおかしいんですよ』

続けて放たれた言葉に、俺は耳を疑った。

『あの複数の投稿は、たぶん同一人物によるものです』

「な……嘘だろ。だってあれを書いた奴はおっさんとか、主婦っぽい人とか、書き方だってばらばらだったじゃないか」

『一人の人間が各サイトにアカウントを作って、それぞれで別の人格を装っていたんだと思います。その証拠に、箱詰めが遅いと書いていた人も、出張ついでと書いていた人も、誕生日ケーキのことを書いていた人も、あのパティスリー以外に投稿は一つもしてないんですよ』

信じられない。

一つの店のレビューを書くためだけにいくつものアカウントを作るなんて、そんな考えるだけでも面倒なことをわざわざする奴が、本当にいるんだろうか。

『ただ一つだけ、他の店の投稿もしているアカウントを見つけたんです。無関係の人かもしれないと思ったんですが、やっぱり〈パティスリー・プールヴー〉のレビューでは沙也香さんを特定できるような書き方をしているし、投稿の時期も去年の秋頃で一致している。今リンクを送るんで、見てみてください』

そう言ったそばからLINEの通知が来た。電話をスピーカーモードにして、送られたリンクをタップしてみる。すると、あるグルメサイトのユーザーアカウントが表示された。

アイコンはなし。ユーザー名も「あ。」と適当極まりないものだ。見ればそのアカウントがこれまでに投稿したレビュー数は、百件を超えていた。

「何なんだこいつ。どれもこれも、低評価の内容ばっかじゃないか」

『文体からして中年男性っぽいですけど、わざとそういう風に書いてるのかもしれません。普通のレビューならともかく、それだけ店をディスることばかり書いてたら、店側から目をつけられてもおかしくありませんから』

「特定されないように、か。ずる賢い奴だな。ざっと見た感じ、投稿してる店も地域がばらばらだ」

『ええ、県内の広い範囲を対象に飲食店めぐりをしてるようですね。その悪質レビュアー、だいたい月に五、六回ほどのペースで投稿してるんですが、ある時期になるとなぜかペースがぐっと落ちるんですよ。投稿をさかのぼって調べたら、十一月から五月にかけては月に一度の投稿しかしてません。二月と三月に至ってはゼロです。この人が飲食店めぐりをしないと決めている時期なのか、それとも仕事が忙しいのか、理由はわかりませんけど』

「……ちょっと待って、桜庭くん」

嫌な感じがした。胸が、にわかにざわつき始めている。

「投稿のペースがいつ落ちるか、もう一回言ってくれないか」

声色の変化に気づいたのだろう、桜庭は困惑気味に答えた。

『えっと、十一月から五月。特に二月と三月はゼロです』

「悪い、調べたいことができた。また連絡するから」

ぶつりと電話を切って、そのままスマホでインスタグラムを立ち上げる。次いでリビングにある家族共用のタブレットを持ち出し、今見た悪質レビュアーの投稿を検索する。

俺はフォローしていないけれど、親友の沙也香なら、インスタのフォロワーになっているはずだ。見立てどおり、沙也香のフォロー欄にその人物はいた。

尾崎《おざき》藍里。

そのインスタアカウントに飛んで、投稿を一つずつチェックしていく。それと並行して悪質レビュアーの投稿もさかのぼり、日付と場所を照らしあわせていく。

藍里のインスタ。五月十四日。写真には藍里と沙也香、智恵の三人が写っている。

《やっと仕事にゆとりが！　もう疲れたよーん
大親友の沙也香と智恵にがんばったねって言ってもらって泣くw　てか、もうすぐ沙也香の結婚式じゃん！　やばいーダイエット間に合わないんですがー》

これは違う。
四月三十日。
《好きぴとデート♡　ドライブきもちー》
これも違う。
四月六日。
《先月は仕事ガチやばかった……。皆さん確定申告は計画的にやりましょうね！　でないとわたしも先生も涙目なんでｗｗｗ
でも今日はプチ出張だったのでよき♡　パスタうまうま》
これだ。
オフィスカジュアルの服に身を包んだ藍里が、イタリアンの店の前で自撮りをする写真。
見比べてみると悪質レビュアーのアカウントでも、まったく同じ日に、同じイタリアンの投稿がされていた。ただしこちらの内容はといえば、
《本日初来訪。パスタが美味と聞いていたが、味は良くも悪くも普通のひと言。プラス料金のかかる生パスタを注文するも、これなら乾麺の方が弾力があってよいのではと思うレベル。バジルソースもねっちょりしていてとても食べきれず残してしまった。ランチ代をドブに捨てた気分。本来なら星一つもつけたくない。行く価値ナシ》
といった具合に不満を書き連ねた、胸クソ悪いものだったが。
さらに見ていくと二月と三月は桜庭の言葉どおり、悪質レビュアーはぱったりと投稿をやめ

ている。一方、この二ヵ月間は藍里も示し合わせたかのようにインスタの投稿をしていない。さかのぼって一月、さらには去年の十二月、十一月、十月――藍里のインスタと悪質レビューアーの投稿で、日付と場所が一致しているものが、いくつも見つかった。

――藍里さんは、何のお仕事をされてるんですか？

――税理士事務所の秘書です。ゆるい職場なんですけど、繁忙期になるとけっこう大変なんですよ。

沙也香から初めて藍里を紹介してもらったとき、そんな会話をした。

税理士事務所の繁忙期は、年末調整の依頼が舞いこむ十一月から、企業の決算時期である五月にかけて。しかもその間、二月と三月は、フリーランスの事業者による確定申告の依頼が重なって目がまわるほど忙しくなる。そう本人が言っていた。

――だけど役得もあるんですよ。うちの先生、遠方のクライアントさんと打ち合わせするためによく一日かけて遠出するんですけど、余裕があるときは秘書のわたしも同行させてくれるんです。その近くの美味しいお店で高めのランチをおごってくれるんで、それがちょっとした楽しみなんですよね。

だからこの悪質レビュアーは、県内の至るところに出没していたというわけだ。

続けて投稿を九月までさかのぼっていくと、見つけた。〈パティスリー・プールヴー〉の低評価レビュー。

そこにはやはり、沙也香個人を攻撃する文章が連なっていた。

「マジかよ……」

嫌な予感は的中した。

悪質レビュアーの正体は、藍里だったのだ。

桜庭の考えが当たっているとすれば、その他のグルメサイトでアカウントを作ったのもすべて彼女ということになる。おまけに他のアカウントは〈パティスリー・プールヴー〉以外に投稿をしていない。これらのことをまとめて考えれば、つまりこういうことか。

藍里が手間暇かけてまで複数のアカウントを作成し、それぞれで別人格を装った目的は――沙也香を、匿名でこき下ろすため。沙也香の勤務態度をよく思っていない人は大勢いると、見せかけるため――。

藍里のインスタの投稿写真には、しばしば沙也香が一緒に写っていた。その都度キャプションには「大親友の沙也香」と書かれてあった。

沙也香にとってのよき友だと、いい人なんだと、思っていたのに。

写真の中の藍里は、顔いっぱいに笑みを広げ、沙也香と頬を寄せあっている。それを見て、俺はスマホを投げ出した。

第二章 〈いい人〉たちの欺瞞

エリート組。

桜庭は、俺のことをそう評していた。

あながち間違いでもないと思う。高校は進学校の部類に入っていたし、大学も県内に唯一ある国立の出身。そして卒業後、市役所の職員に。この地方ではこれが、立派なエリートコースとみなされる。

フツーに勉強できて、フツーにモテて、フツーに生きてきた。夢だとか野心だとか、大層なものは持ちあわせていない。生まれてからずっとこの地で暮らしてきて、都会に行きたいと考えたこともない。公務員になったのも、言ってしまえば何となく。親も安心するだろうと思ったからだ。挫折や、面倒事、感情が揺さぶられるようなドラマ性とは無縁の、平坦《へいたん》で、安定した人生。それでいいと思っていた。ずっとそうやって生きていくのだろうと、何の疑いもなく思っていた――沙也香と出会うまでは。

気弱なせいか何かとトラブルに巻きこまれがちな沙也香は、俺の毎日を変えた。とりわけ結婚式の騒動を経た今はなおさらだ。俺の感情は、日ごと荒波に揉まれている。平坦で安定した日々は遠く消えてしまった。

けれども、後悔はない。

「婚姻届のご提出ですね。おめでとうございます」

「えへへ、ありがとうございます」

戸籍課の受付には、幸せオーラ満開のカップルがそわそわと、寄り添って席に着いている。

俺は奥にあるデスクで書類をチェックしながら、受付の会話を聞くともなしに聞いていた。

「必要事項を確認しますので少々お待ちください」

「はいっ」

「……えー、こちら〝初婚・再婚の別〟にチェックがされていませんね」

「やべっほんとだ、見落としてました。初婚です初婚、お互いに」

「もう、だから二人で最終確認しようって言ったのにー」

文句を言いつつも彼女の声は上機嫌だ。彼氏の方も笑いながら謝っている。婚姻届が無事に受理されれば、あの二人も晴れて夫婦になる。

人が人生の節目に足を運ぶ市役所には、それぞれの課に人間の悲喜こもごもが集まってくる。俺が勤める戸籍課にはとりわけ、男女の悲喜こもごもが集まってくる。何しろ愛しあう二人が婚姻届を提出する一方で、離婚届を提出しに来る人もいるのだから。前者の場合はたいていカップルそろってやってくるが、後者の場合は夫か妻のどちらか片方だけだ。

ふと見れば、待合席には中年男性が一人きりで座っていた。こちらには幸せオーラの欠片《かけら》も見受けられない。深刻な顔で順番を待っていて、受付にいるカップルとはまるで対照的だった。

「今日はやたら婚姻届の提出が多いっすねぇ」

と、隣のデスクの後輩、荒木《あらき》が話しかけてきた。

「大安だからだろうな」

そう答える俺に、荒木はにやついた笑みを向けた。

「林田さんも大安の日に提出したんですよね？　婚姻届」

「ああ。今の時代そこまで気にしなくてもいいとは思うけど、受理される日が結婚記念日になるわけだし、一応な」

「自分の婚姻届が自分の職場で受理されるのって、どんな気分ですかぁ？」

「……別に、普通」

「えー。何か最近ノリ悪くないすか？」

「うるさいな、同じ質問ばっかりされて飽き飽きしてるんだよ。いい加減しつこいぞ」

じろりと睨んでやると、荒木は「すんませーん」と半笑いで前を向いた。

「そんな怒んなくてもいいじゃないすか。めでたいことなんだし？」

「だからって先輩をいじるな」

荒木が性懲りもなく口を開きかけたとき、背後から声が降ってきた。

「そうよ、林田くん困ってるじゃない。冷やかすのも程々にね」

助け舟を出してくれたのは先輩の金子《かねこ》さんだ。この人は四十代のベテラン職員で、二年前にこの戸籍課へ異動してきた。

彼女はへらへら笑う荒木を見て首をすくめると、俺の方に視線を転じた。

「それより林田くん、ちょっと折り入って訊きたいことがあるんだけど」

「何ですか？」

俺もイスを回転させて彼女の方に向き直る。

「林田くんが結婚式やったのって、〈サンセリテ〉だったよね？」

「え、はい」

仕事の話かと思ったのに、違うのか。しかもよりによって式場の話——ふと事件の苦い記憶が押し寄せてきて、俺は床へと目をそらした。

「今度うちの姪《めい》っ子が結婚することになってね、あそこの式場がいいなって言ってるの。でもタイミングが合わなくてなかなか見学に行けないみたいで。とりあえず評判だけでも知りたいってことだったんだけど」

またこの手の話題か。もう勘弁してほしい。

婚姻届を提出した当初は、同僚たちから祝いの言葉をかけられて、むずがゆさを感じながらも嬉しかった。後輩にいじられても心は穏やかだった。だが今は訳が違う。

「それで林田くん的には、結婚式、どうだった？」

一番困るのがこういう質問だ。

「どう、ですかね……」

会食中に妻が毒を盛られて血を吐いて倒れました。なんてこと、言えるはずもない。もやもやする気持ちを抑えつけて、俺は無理に笑顔を作った。

「よかったですよ、すごく」

「うちの姪っ子は少人数制がいいって言ってるんだけど、確か林田くんも少人数制のお式にしたのよね？」

「はい。親戚もほとんど呼びませんでした」

「……林田くんってお友だちも多そうなのに、ちょっと意外よね。奥さんに合わせたの？」

「まあ、そんなとこです」

事情を知らないこの人に、詳しく説明する必要はない。

「少人数だとそのぶん自由も利くのでおすすめですよ。チャペルも素敵だったし、コース料理もうまかったし、ウエディングプランナーも親身になってくれる人でした。何より丘の上っていうロケーションが最高ですよね。カメラマンの腕も抜群によかったです」

「そう、それはいいこと聞いたわ。姪っ子にもさっそく伝えておかなくちゃ。ありがとう」

「いえいえ。また何かあればいつでもどうぞ」

上出来の受け答えじゃないだろうか。決して嘘は、言っていない。ほくほくした顔で立ち去っていく先輩を見送って、俺は誰にも聞こえないようにため息をついた。

げんなりとした気分で給湯室に向かう。今のところは同僚たちにうまく取り繕えているが、それは事件のことが表沙汰になっていないからだ。が、今後はどうだろう。田舎社会で噂がまわるのはあっという間だ。どこかで話が洩れたが最後、いずれ必ずこの職場にも伝わってきてしまう。そうなれば居心地が悪くなることは間違いない。

何だか不安になってきた。果たしてあの結婚式場にいたスタッフは、全員、徹底したモラルを持っているだろうか？　目にした惨劇をネタ扱いして、人に面白おかしく話したり、ましてやSNSに流したりしないと言い切れるだろうか？　そう思うと、ゲストたちにももっと強めに口止めをしておけばよかった。一応やんわりと他言しないでほしい旨を伝えてはいるが、あれじゃ大した抑止力にはならないかもしれない。俺の家族や友だちはともかく、沙也香の側のゲストは……。

そこまで考えた途端、何度目かのため息が洩れた。幸い、給湯室には誰もいない。インスタントコーヒーの粉を入れたマグカップに熱湯を注ぎながら、俺は、あの女の顔を思い出していた。

沙也香の親友、尾崎藍里。あの女が、沙也香をパティスリー退職に追いこんだ――。

あれだけ人当たりのいい風を装っていながら、なおかつ沙也香のことを「大親友」とインスタにわざとらしく書いておきながら、裏ではその大親友を、執拗《しつよう》に、陰湿に、こき下ろしていたのだ。

なぜ？　いったい何が目的なんだ？

パティスリーを半ばクビになった当時、沙也香は言っていた。藍里が毎日のようにLINEしてきてくれるのだ、と。それはメンタルを病んだ友人を心配するメッセージだった。この話を聞いて、俺は藍里の優しさにいたく感心したものだった。女同士の友情を、心から微笑ましく思った。

……自分の手で陥れたくせに、心配とは、何て白々しい。あの女、もしかすると沙也香が気落ちしている様子を毎日LINEで確認して、ほくそ笑んでいたんだろうか。気遣いに感謝する返信を読んでは、腹の底で馬鹿にしていたんだろうか。

考えれば考えるほど腹が立ってたまらない。今の状況で唯一の救いは、桜庭という相談相手がいることだった。

——そんな話、世の中にはいくらでもありますよ。

藍里の件を電話で話すと、桜庭は達観したようにこう言った。

——善意の人であるように見えていても、その人の本心なんて誰にもわかりませんからね。妬みとか、恨みとか、理由は色々考えられるでしょう。

確かに女同士の仲ともなれば、そういう黒い感情がはびこっているというのもありそうな話だ。なら藍里のどす黒さは、どこから来ているのか。

妬み？　いや、それはないだろう。当時の沙也香は恋人もいなかったし、仕事の面でも、税理士事務所の秘書を務める藍里がパティスリーで働く沙也香を妬むというのは考えにくい。だとしたら恨みか。俺の知らない過去、二人の間に何かあって、藍里は今もそれを根に持っている？　ああ、こっちの可能性の方がありそうだ。とはいえ詳しい動機は本人を問い詰めてみないことには何もわからない。……そのときは、よくよく注意して話を進めないと。なぜなら藍里は今や、毒物混入事件における、最も疑うべき容疑者になったんだから。

「お、和臣。おまえも休憩？」

突然声をかけられて、思考が一気に引き戻された。

給湯室に入ってきたのは、直人だった。

「聞いてくれよ。うちの地域協働課はここんところ忙しくって、頭がパンクしそうなんだ。ほら、選挙が近いからさ。新人教育もあるってのにもう勘弁してくれよって感じで」

「……そっか。大変だな」

直人は俺が幼稚園の頃からの幼馴染で、大学では誠やあきらと一緒にサッカー部に所属していた。さらには大学を卒業してからも、部署は違えど、こうして同じ市役所に勤めている。

結婚式に呼んだ三人の大学時代の友人の中でも、この幼馴染は、俺にとって特別な存在だった。あきらなんかは昔よく、俺たちがデキているんじゃないかと茶化していたくらいだ。周りから見ても俺たちは大の親友なんだろう。もっとも心で思っているだけで、藍里みたいに「大親友」なんてそら寒い単語を口に出すつもりは、俺にはないけど。

「何だよ、辛気くさい顔して。沙也香ちゃん、元気になってきてるんだろ？」

マグカップに緑茶のティーバッグを入れながら、直人は俺を見やって片眉を上げる。メガネの奥の目が、案じるように俺を見つめていた。

「まあ、な。最近ちょっと色々あって」

直人になら、話してもいいだろうか。不意にそんな考えが浮かんだ。

桜庭とも話はできるけれど、彼とはあくまでも期間限定の間柄。ましてあの淡白な青年がこちらの期待どおりの反応をしてくれるとは限らない。

誰かに話したい。俺が今、仕事の合間に何をしているのか。この胸の内に秘めた覚悟や、憤《ふん》懣《まん》やるかたない思いを、誰かに聞いてほしい。直人なら毒の件や藍里の件を話しても、きっと秘密を守ってくれるはずだ。

そう思いつつ言おうか言うまいか迷っていると、

「色々って、まさか、もうそっちにも噂がまわってたのか？」

思わず首をひねる。俺が沈黙している間に、直人は直人で何かしら早合点をしたらしい。

「噂って、何のことだ？」

するとと直人はややあって、かぶりを振った。

「いや、知らないならいいんだ」

「よくないだろ。おまえこそ辛気くさい顔して何なんだよ」

表情を見るに、よくない噂であることは明らかだ。やがて直人は言いにくそうに口を開き、

「……うちの課で、おまえの結婚式の噂が広まってるんだよ」

絶句した。

真っ先によぎったのは、どうして。そして誰が、という考えだった。それを察したように直

人は言葉を継いだ。

「噂の出所はわからない。先々週くらいだったか、課の新人女子たちに話しかけられてさ」

——戸籍課の林田さんと同期なんですよね。結婚式には行かれたんですか？

「何だか探りたそうな雰囲気だったから適当にあしらって逃げたんだけど、そのあと男の後輩に訊いてみたら、例の——沙也香ちゃんが式の最中に倒れたって噂が、新人の間でまわってるって言うんだ。でも、誰が初めに言い出したのかはさっぱりで」

「冗談だろ……」

最悪だ。起きてほしくないと願っていたことが、すでに現実になっていたのだ。今は新人の間だけでも、遅かれ早かれうちの課にも噂がまわってくるに決まっている。俺を何かといじってくる荒木は、噂を聞いてどんな反応をすることか。想像するだけで気がふさいだ。

「悪い。おまえも噂のことを知ってるのかと思ったんだけど、まだ知らなかったんだな。でも、まあ、そう気に病むなよ」

「いや病むだろ。そりゃ仕事の評価には関わらないだろうけど、俺だって周りの目とか——」

「これ以上噂が広まることはない」

と、なぜか直人は断言してみせた。

「俺が噂を否定しといた。新人たちには〝え？　新婦が倒れて運ばれた？　何それ、俺その式に呼ばれて最後までいたけど、そんなこと起こってないよ〟——って、迫真の演技をかましといたから。少なくともうちの課の新人たちは、俺の話の方を信じてるよ」

「直人……」

しかつめらしく眉根を寄せ、自分の演技を再現してみせる友に、俺は心から感謝した。現に早くも新人たちの中で噂がまわるごとに、「その話、デマだったらしいよ」という噂もくっついて、最初の噂を打ち消しているという。

「マジで助かった……っとに誰だよ、そんな噂を流しやがった奴は」

直人が動いてくれなかったら、俺は陰でひそひそと話のタネにされ、同情と好奇の目を向けられていたことだろう。ああ、同じ職場に直人がいてくれてつくづくよかった。俺を案じ、力になってくれる親友がいて――。

と、その瞬間、デジャヴのようなものを感じた。

自分で陥れておきながら、さも善人ぶって沙也香を案じていた藍里。

直人も同じじゃないと、どうして言い切れる?

「噂の犯人、おまえじゃないよな」

知らぬ間に、言葉が先走っていた。

すると相手はきょとんとした顔で俺を見つめ、

「和臣……おまえさ、冗談でも言っていいことと悪いことがあるぞ」

直人は脱力したように息を吐いた。怒るよりも、呆れている顔だった。

「おまえは昔からそうだ。そろそろいい歳なんだからデリカシーってもんを学べ。そりゃ結婚式であんなことになってむしゃくしゃするのはわかるけど、だからって人に当たるな」

「別に、そんなつもりじゃ」

「無意識なら余計タチが悪い。そういうのが後々モラハラにつながっていくんだ。まさかとは思うが、家でもデリカシーないこと言って沙也香ちゃんを泣かせてないだろうな？」

「それは絶対にない。モラハラとか最低だろ」

「今はそうでも気をつけておけよ。馬鹿な男ほど自分は絶対に大丈夫と根拠なく高をくってるもんだけどな、その間に奥さんの方で離婚の準備を進めていたなんて話、ざらにあるだろ」

「縁起でもないこと言うなよ……」

「大事なことだろうが。耳の痛い話だからって耳をふさごうとするな。いいか和臣、せっかくおまえと結婚してくれたんだから、自分本位なのは卒業して奥さんのことを一番に考えろ。いくら沙也香ちゃんが大人しくていい子でも慢心するなよ。今はおまえが彼女を全面的に支える状況なんだろうが、支える側だからって夫の方が妻より上だとか勘違いして、捨てられたって知らねーからな？」

それに、と直人はますます勢いづく。

「結婚式のゲストだって問題だ。やっぱり考え直すべきだったんじゃないか？　前にも言ったけど、あいつまで式に呼んだのは俺はどうかと――」

「わかった、わかったから」

そんな小言ばっかり、もう聞きたくない。第一、俺だってある意味では結婚式を台無しにされた被害者なんだから、少しくらい労《いた》わってくれてもいいじゃないか。

「もういいだろその話は。終わったことなんだし」

が、直人はまだ言い足りないらしく口を開く。ぬるくなったマグカップを手に、俺はたまらず給湯室を飛び出した。

友だちだからこそ、よくないところも指摘する。その気持ちは理解できる。ただ、今の状態ではどうしても受けつけなかった。直人のことまで疑ってしまう、今の心境では。

噂を流したのは誰なんだろう。直人は自分じゃないと言っていたが、本当かどうか、知れたものじゃない。しかもあんな風にちくちくと小うるさい忠告をしてくるのは、本当に善意からなのか？　嫌がる俺を見て、楽しんでいるんじゃないのか？

——何でも疑ってかからないでどうするんですか。

俺は、自分でも気づかないうちに、あの青年に影響されているのかもしれない。


他人の結婚式のスピーチを聞かされるほど、退屈な時間はないと思う。

「新郎とは同期として入社してから、はや十年の付き合いになります。新人だった頃から今に至るまで、彼ほど仕事熱心で真面目な人間を、僕は見たことがありません。真面目すぎて融通きかねーなこいつ、と思うこともあるにはありますが——」

どっ、と新郎側のゲストから爆笑が起こる。同僚たちが集まるテーブルだろう。すでに酒をしこたま飲んでいる彼らは、何がそんなに面白いのか、真っ赤な顔でゲラゲラと笑いながら手を叩《たた》いていた。

ありがちな男同士の内輪ノリだ。新婦側の女性ゲストたちが白い目で見ていることに、彼らは気づいていないのだろう。

この日の仕事場も結婚式場〈サンセリテ〉だ。が、林田夫妻がコンパクトな会場を選んだのに対し、今日は総勢二百人が集う広い披露宴会場。規模が大きいとそのぶんスナップ撮影もハードになる。いかに効率よく、無駄にシャッターを切らず、それでいていかに式の物語性を写真に残せるか。それがカメラマンとしての腕の見せ所だ。

「何はともあれ、新郎は運命の人を見つけました！　それがここにいる新婦です。婚約報告を受けたとき、祝福の思いで胸がいっぱいになったことを鮮明に覚えています。二人にはぜひ、誰もがうらやむようなおしどり夫婦になっていただいて――」

おしどりって、普通に浮気しまくってるんだけどな。鶴とかペンギンならともかく。

「――そして今日、こうして晴れの日にスピーチをさせていただく光栄に浴し、幸せのお裾分けをしてもらった気分です。ありがとう、二人とも。そして本当におめでとう！」

拍手喝采。壇上から降りた新郎の同僚は、やりきったと言わんばかりに頬を上気させている。運命の人とか、幸せのお裾分けとか、そんな空虚な言葉をちりばめただけで祝福とは、聞いているこっちが赤面してしまうのだが。

だいたい、さっきテーブルでどんな会話をしていたか、本人は覚えているのだろうか？

——三十オーバーでこんな大人数の式をやるとか、ぶっちゃけハズくね?

——しかも再婚だろ、夫婦そろって。ほんとよくやるよ。

——俺、最初の結婚のときも式に呼ばれたんだよ。だから今日でトータル六万もあいつに払っちゃってるわけ。こんなん詐欺じゃん。もうさ、離婚する奴はマジでご祝儀返せよなー。

——アメリカ駐在の奴が言ってたけど、向こうの結婚式はご祝儀をもらわないんだと。新郎新婦がみんな自腹で用意して、よかったら皆さん遊びに来てくださいってスタンスらしい。気楽な服装で、ちょっとしたプレゼントを持って、時間も気にせず好きに飲み食いしてさ。

——お祝いって本来、そういうもんだよなぁ。それに比べてこっちの結婚式ときたら、ドレスコードは厳しいわ、プログラムはつまんねーわ、ただただ新郎新婦のプレイを見せられてるようなもんじゃんか。おまけに強制的に金払わされて、祝わされて……。

——まあ、茶番だよな。

噂話は何も女性だけがするものじゃない。時には男の方がきわどい噂話をしているものだ。あるときは調子よく祝いの言葉を述べ、またあるときは辛辣な陰口を叩く。そうした人間の多面性を目にしてしまうのは、ブライダル業界ではあるあるの話だ。

もっとも、彼らの会話にはうなずける部分もあった。新郎新婦ともに再婚ともなれば世間体を気にして結婚式を挙げないケースも多く、とりわけ今日のような大規模スタイルを選ぶのは珍しい。その良し悪しはさておき、今席に着いているゲストの中にはスピーチをした彼と同じく、初婚時にも式に参列した人が多数いるに違いない。みんな心の内をうまく隠しているようだけれど、その実は……なんて、バツがいくつ付いていようが、誰が何を思っていようが、おかげで仕事になっているんだから関係ないか。

「おーいカメラさん、こっち来てー」

赤ら顔の新郎が呼びかけてくる。飲みすぎたのだろう、口調まで舌ったらずだ。隣に立つ新婦は申し訳なさそうに胸の前で両手を合わせていた。

「すいません、この人テンション上がりすぎちゃったみたいで」

「お気になさらず。いい写真が撮れましたよ」

そう返すと新婦は嬉しそうに微笑んだ。

シャッターを切るのは現在でも、ひとたび写真になった途端、それはすべて過去のものとなる。文章や映像でも過去を残すことはできるけれど、その刹那の空気感や感情の機微をひとところに固めて残せるのは写真だけ。回顧するときには余白が生まれる。想像の余地も生まれる。だからこそいいのかもしれない。

中学で写真部に入ってからずっと、将来の夢はカメラマンだった。高校卒業と同時にカメラマン事務所に入ってかれこれ五年。夜を日に継ぐような慌ただしい生活を送ってはいるものの、比較的順調にキャリアを積めてきたんじゃないだろうか。お世話になった事務所を辞めてフリーに転身したのは、さらなる目標への第一歩だった。

フリーになった当初はうまく仕事が取れずにヤキモキする毎日を過ごしたが、貴重な依頼を一つひとつこなしていくうち、次第に声をかけてもらう機会も多くなった。駆け出しの自分に仕事を振ってくれる人たちの存在は本当にありがたい。自分が不愛想だと自覚しているから、なおさら。面白くもないのに笑うなんて、自分はそんな器用なことができる人間じゃなかった。たぶんそれが原因で逃してしまった仕事も多いだろう。それでも、納品した写真を見て、態度じゃなく仕事ぶりで評価してくれる人たちがいた。

この式場もそうだ。専属契約こそ交わしていないものの、今まで何度もここで撮影をさせてもらった。いい写真だと言ってもらえることは何より嬉しい。特に人物写真は、自分が最も得意とするところだった。

前撮りの仕事は好きだ。二人にとっての思い出の場所。突き抜けるような青空の下。そこで幸せそうにはにかむカップルは、自然体だから。

本来なら「お互いに見つめあってー」とか「おでこくっつけてみましょうかー」とか、こっぱずかしいポージングの指示をするのだろうが、そういう不自然なことをしなくても、思いあうカップルは自《おの》ずと素敵な表情を見せてくれる。その一瞬を切り取ると、自分の心の満足ゲージもぐんと上がる気がする。近年よく聞く「エモさ」とは、こういうことだろうか。でもそれが、結婚式となると……。

「おめでとー！」

「きゃあ、ドレスすっごいきれー！」

新郎新婦はともかく、その他大勢の、まるで貼りつけたような笑顔を撮るのは、正直言って好きじゃない。このやけに騒がしい雰囲気も、嘘くさい祝福の言葉の数々も。

「お疲れさまです、桜庭さん」

披露宴会場の隅でディスプレイを確認していたら、上野さんに声をかけられた。今日の式も彼女の担当だ。とはいえ大人数の式となると司会者を外注するのが常だから、今日はプログラムが予定どおり進行しているか見守っていたようだ。

「お疲れさまです。写真の方も順調ですよ」

「いつもありがとうございます。あの、こんなタイミングで何ですが、実は弊社のロゴが変わって名刺も新しくなりまして。一応お渡ししておきますね」

と、上野さんはスーツのポケットから名刺入れを取り出した。

「上野帆花《ほのか》」という名前が書かれた面を裏返してみると、会社のロゴに加えて、新しいキャッチコピーが印刷されてあった。

《真実の愛と　善意の　橋渡しを》

思わず顔をしかめかけた。

……何て陳腐な文言なんだ。コピーライターを雇ったのかどうかは知らないが、センスがないにも程がある。社内での評判を訊いてみようかとも思ったが、考え直してやめにした。

「そういえばこの間、林田さんご夫妻がいらっしゃったんですよ」

言いつつ上野さんは、他に聞かれないよう声を落とした。

「何でも奥様のご容体が回復されたようで」

「ああ、そうだったんですね。それはよかった」

「お二人とも、お式のやり直しを検討したいとのことでした」

「へえ……」

それは初耳だ。しかしあんなことがあったのに、また同じ式場を選ぶとは。

「あのときはどうなることかと右往左往するばかりで、ほとんどお役に立てませんでした。それがずっと気にかかっていて」

「まあ、あの状況で冷静でいられる人なんていないでしょうから」

「わたしも式を挙げた経験があるので、結婚式が夫婦にとってどれだけ大切な思い出になるか身に沁《し》みているんです。だから林田さんご夫妻があの出来事を経ても前向きな気持ちでいらっしゃると知って、心からほっとしました」

前向き、か。一概にそうとも言えないのだが。

あの事件に悪意が絡んでいたこと。犯人を突き止めるためひそかに和臣と動いていること。それをこの年若い女性に伝えたら、さぞ度肝を抜かれるに違いない。

「もうすぐ新婦さまの手紙の時間ですね。またよろしくお願いします」

「ええ、了解です」

今日の披露宴は何事もなく進んだ。両親への感謝の手紙を読んで涙ぐむ新婦を撮りながら、心は知らず、林田夫妻へと馳《は》せていた。

式のやり直しなんてそうそうあることじゃない。だが林田夫妻の場合、誰かの企《たくら》みによって晴れの舞台をめちゃくちゃにされたのだ。たとえまた費用がかかってももう一度、と考えるのは自然なことだろう。ちなみに上野さんいわく、二回目は会食のみで祝儀も受け取らない方針らしい。あのどこか抜けている和臣にしては良識ある判断だ。ゲストは前と同じ十一人を招待するとのことだったが……それはおいおい、変更されるだろう。

新郎新婦による見送りも済んで、今日の仕事がようやく終わった。

荷物をまとめ、駐車場へと向かう。歩きながらスマホを確認してみると、いくつかＬＩＮＥのメッセージが入っていた。その一つに目をやった途端、

「……またか」

一気に疲れが増した。肩にかかる機材バッグの重みが、いやにしんどく感じられる。あの人から連絡が来たときはいつもそうだ。

前に和臣がスタジオに来た際、あの人のことを見られてしまった。あのときの気持ちは……そう、恥ずかしい、だったかもしれない。自分の弱みを見られたような気がして。

せめてアポもなくスタジオに来るのはやめてほしいと何度も頼んでいるのに、こっちが強い態度に出られないのをいいことに要求は増してくる一方だ。どういう関係なのか和臣が訊きたそうにしていたので、話題をそらすのにも苦労した。

ＬＩＮＥのメッセージは他にもあった。

《桜庭くんお疲れ》

和臣からのメッセージだ。

《例の件、来週の土曜に決まった。ちょっと遠くて申し訳ないんだけど、できれば一緒に来て

ほしい》

ああ、電話で言っていたあの件か。相手との約束を無事取りつけたらしい。和臣の暗い声音が耳によみがえった。

——悪質レビュアーの正体、わかったよ。

来週の土曜ならちょうど空いていたはずだ。スケジュールを確認して短く「了解です」とメッセージを打つ。送信をする直前、ほんの少し、祈りをこめた。これで犯人捜しの協力もお役御免となりますように。平穏な日常が戻ってきますように、と。

送信をタップして、機材バッグを掛け直し、ふたたび駐車場へと歩きだす。

林田夫妻が開催する二回目の結婚式。そこではゲストたちが改めて二人を祝福することだろう。犯人を除く、十人のゲストたちが——。

弾《はじ》かれることになるのは、おそらく、尾崎藍里で決まりだ。

土曜の空は、曇天だった。昼間だというのに灰色の雲が重く垂れこめていて、あたかも俺の心とシンクロしているようだ。

「今にも降ってきそうですね」

助手席に座る桜庭が雲行きを眺めて言った。

例によって白いオーバーサイズのTシャツと、黒いパンツ姿。シンプルスタイルが好みなのか、それとも大したこだわりがないのか。湿気のせいだろう、髪がいつも以上にくるくるとボリューム感を増している。眠そうな顔で窓の外を見つめる姿からは、どことなく疲れが感じられた。

税理士事務所に電話をし、藍里と直接会う約束を取りつけたのが一週間前。俺は近所のショッピングモールで桜庭をピックアップすることにした。藍里が住む地域までは車で一時間ほどの距離がある。桜庭のスタジオからだとさらに時間がかかるため、うちの近所で合流して一緒に行くことになったのだった。しかしながら、狭い車内で男が二人っきりというのも——特に友人同士というわけではない微妙な関係性も相まって——どうにもさっきから、座り心地が悪く思えてならない。

バイパス道路を走る間、俺たちは無言だった。広い片側二車線の道には途中に信号もほとんどなく、単調なエンジン音だけが車内に聞こえている。道行く車もまばらだ。

と、そこへ一台、後ろからスピードを上げてくる車がバックミラーに映った。

俺は左の車線を走っているのだが、その車は右車線が空いているにもかかわらずなぜか車線変更しようとしない。瞬く間に車間距離が詰められていき、ついにその車は、俺の車の真後ろにぴたりとついた。

「煽《あお》り運転かよ」

思わず舌打ちが出た。こちらが国産のSUVなのに対して、向こうは外車のミニクーパー。

大きさでは圧倒的にこちらが上なのに意にも介していないらしい。バックミラーに目を凝らせば、運転しているのは若い女だった。片手運転をする表情が何ともふてぶてしい。

ニュースなんかで取り沙汰される煽り運転はおっさんによるものが多いけれど、実際に地方で運転マナーを守らない奴には、存外、若い女が多いのだ。特にこういう外車を乗りまわす、イキった女が。

後ろの女は自分の道をふさぐなと言わんばかりにスピードを合わせて離れなかったが、そのうち急に車線変更した。スピードをぐんと上げ、当てつけるように俺の車を追い抜いていく。その瞬間、女と目が合った。

女はキッとこちらを睨みつけていた――日常でなかなか目にすることのない、人間の、怒りの形相だった。

はあ？

何で俺がキレられなきゃいけないんだ。煽り運転をしてきたのはそっちのくせに。外車に乗ってるからって、あんたが偉いわけでもないだろうが。

「ちっ――」

イラつく。藍里への怒りと煽り女への怒りがまざりあって、かっと頭に血がのぼる。俺は抜き返してやろうとアクセルを踏む足に力をこめた。だが直後、

「洩れそうなのかなあ、あの人」

隣からのひと言に噴き出した。

「大か小か、とにかく一刻も早くトイレに行きたくて焦ってるんだろうな。いや、すぐに抜かさなかったってことは違うか。大好きな彼氏にフラれたばっかで、世界のすべてにイラついてるとか？」

ぼそぼそと放たれる独り言に、たちまち毒気を抜かれてしまった。煽り運転とか、抜き返してやろうとか、もうどうでもよくなった。

桜庭は眠たげに半目を開け、遠ざかっていくミニクーパーをどこか憐《あわ》れむように見ていた。まったくこの青年はまだ若いのに、どうしていつもこんなに落ち着いているのだろう。仙人みたいじゃないか。

「桜庭くんって、いつもそんな想像してるの？」

「まあ、そうですね。ご存知のとおり僕の車は中古の安いコンパクトカーなんで、ナメられやすいというか、しょっちゅう煽られるんですよ。でもそのたびイラついてたんじゃ馬鹿馬鹿しいでしょ」

勝手に不機嫌になっている奴の巻き添えでこっちの気分まで害されるなんて、そんなアホらしいことはない。だから不機嫌になっている理由を想像して、気の毒だなあ、大変そうだなあと思うようにしているのだという。

それは何も相手のためだけでなく、自分が、人に優しくあるためだと――なるほど殊勝な心がけだ。

「とはいえ煽られ続けるのもだるいんで、金が貯《た》まったらもっと大きくていい車を買おうと思ってます」

「でもSUVだって煽られるときは煽られるよ、今みたいに」

「ジープならさすがに大丈夫でしょう」

いかついブランドだ。見た目にも、値段的にも。普段はラフな格好しかしていない桜庭だが、思いのほか儲《もう》かっているのかもしれない。

「カメラマンってさ、年収どんくらいなの？」

好奇心から問うと、

「林田さん。デリカシーって言葉、知ってます？」

と、冷ややかな声が返ってきた。

「ごめんごめん、ジープを狙ってるって言うからつい気になって」

桜庭はため息をついていたが、彼にしても無言の車内は居心地が悪かったのだろう、まんざら嫌でもない様子だった。

「だいたい四百弱ですね。まだフリーになって一年ちょっとなんで、これから増やしていけたらと」

「結婚式の報酬は？　一件の撮影でどんだけもらえるの？」

「いやマジでデリカシー……もういいや。結婚式当日の撮影だと三時間で五万が相場です」

「意外と少ないんだな？　俺たちが式場に払ったスナップ写真代は二十万だったから、そんなもんかもしれないけど」

「しかもあれ、立ったりしゃがんだりを繰り返すんでかなり腰に来るんですよ。撮影した写真を納品用にセレクト、レタッチしていく作業も時間がかかるんで、割がいいかと言ったら微妙なとこです」

「体力勝負の仕事なんだな」

「そうですね。ただ、リピーターがつくこともあるんですよ」

「リピーター？」

ブライダル会社のことかと思ったら、そればかりでもないらしい。

「結婚式で写真の出来映えを気に入ってくれたご夫婦が、節目、節目で撮影依頼をしてくれるんです。子どもができたらマタニティフォト。無事に生まれたら家族で記念写真。その後もお宮参り、七五三、って具合にね」

市役所の仕事も人生の節目に立ち会うものだが、カメラマンもそうなのか。

何の接点も見出せなかった自分と桜庭に、少しだけ通ずるものを見つけた気がした。

「じゃあ、個展をやってたのは？」

「あれは仕事というより修業みたいなものですよ。不定期に知り合いのカフェを間借りしてるんですけど、利益なんて出ませんし、正直やればやるほど赤字です」

そういえば沙也香と足を運んだ個展も観覧無料だった。大きな町家造りのカフェの二階がフリースペースになっていて、そこに桜庭の写真がぽつぽつと展示されていた。

黒猫の幸子ちゃんを撮った写真や、友人らしき人たちの写真。横にはそれぞれ使った機材と撮影場所の説明が小さく貼られていたが、値段は書かれていなかった。ギャラリーのように作品を売るのが目的ではなかったのだ。

「あの個展で興味を持った人がポートレートの依頼をしてくれるってことも、あるにはありますけどね。それが目的っていうわけでもなくて。

僕、今は商業カメラマン一本でやってますけど、ゆくゆくはアート方面にも本気で挑戦したいと思ってるんです。林田さんはヘルムート・ニュートンって知ってます？　ドイツ出身の写真家でね、もう二十年ほど前に亡くなってるんですけど、僕の憧れなんですよ。ああいう退廃的な色気と影のまざりあった写真を撮れたら、きっと楽しいだろうな……。

昔から、彼みたいなフォトグラファーになるのが夢だったんです。いつかはこの地方も、いや日本すら飛び出して、世界に打って出たい。その足掛かりとしてまずは写真の全国展で賞を獲《と》るって決めてるんですけど、なかなかいい被写体に出会えなくって。食っていくには商業もおろそかにできないし、かといって商業で忙しくしてばかりいるとつい目標を忘れそうになる。だから時には個展を開いて、感性を鈍らせないようにしてるってわけです」

「……それで修業、か」

やっと口を挟むことができた。

桜庭の額には相変わらず無造作に髪がかかっている。だがそこからのぞく目は、曇り空の向こうの光を見るかのように輝いていた。表情にほとんど変化はないけれど、そんな風に俺には見えた。

人の内面はわからないものだ。あの桜庭が、こんなに壮大なハングリー精神を持っていたなんて、前撮りで初めて会ったときには思いもよらなかったことだ。笑顔もなく、愛想もなく、口数も少ない、暗い男。いくら腕がよくても、正直ハズレだな——そんな感想を抱いたのが遠い過去のようだ。

淡々とした仕事ぶりにもこれで得心がいった。彼はアーティストなのだ。だから必要以上におもねることをしない。かといって、他人の気持ちがわからないような冷たい人間でもない。

面白くて、熱くて、頭が切れて、才能あふれる男。桜庭の印象はいつしか一変していた。男二人のドライブも、これはこれで悪くない。

「じゃあ俺は今、未来の有名フォトグラファーを助手席に乗せてるってわけか」

「そういう言い方されると冷めますね」

「はは。でも桜庭くんの写真、ほんとにいいよな。俺は素人だからうまいこと言えないけど、陰影っていうのかな？　個展で見た写真も雰囲気あって、すごくカッコいいなと思ったよ。あっそうだ、いずれ沙也香と結婚式をやり直そうかって思ってるんだけど——」

「上野さんから聞きました。またあの式場でやるなんて、ちょっと驚きましたけど」

もっともな意見だ。俺も場所選びにはずいぶん迷った。が、式場に罪はない。

俺はハンドルを握り直して続けた。

「上野さんに相談してみたら、二度目の式となれば費用は上にかけあって勉強させてもらいます、って言ってくれたんだ。せっかくいいプランナーさんに出会えたんだし、ご縁は大事にしたいからな。沙也香も俺がそう言うならって賛同してくれた。そういうわけだから、二度目の式も、写真、桜庭くんにお願いするよ」

桜庭がハッとこちらを向いたのが横目でわかった。

「沙也香と話して、一度目の式の写真は正式には受け取らないことに決めた。でもやっぱり、桜庭くんに撮ってもらった写真が欲しいからさ」

こんな形の「リピーター」は、彼にとっても初めてに違いない。

「……まあ、仕事なら受けますけど」

ぼそりと返すなり、桜庭は顔を背けてしまった。

彼と話すようになって段々とわかってきた。きっとこの青年は、喜びや嬉しさを表に出すのが照れくさいと感じるタイプなんだろう。

俺の目に狂いはなかった。ぶっきらぼうなところもあるけれど、やっぱり桜庭はいい奴だ。淡白な彼にはしかし、情に厚い一面もある。見たところ忙しくて充分に睡眠も取れていない様子だが、それでも犯人捜しという何ら利益にならないことのために時間を作ってくれること自体、彼が心優しく、責任感の強い男だという何よりの証拠に思えた。

たぶん桜庭となら、この事件が解決しても、それであっさり縁が切れるということにはならないだろう。二度目の結婚式もそうだし、いずれ沙也香との間に子どもができたら、また彼に写真を頼もう。その前に、事件が解決したら男二人で飲みに行くのもいいかもしれない。どうせ誘ってみたところで、面倒そうな顔をされるんだろうけど。

そんな想像をしていたら、ふと思い出した。

「前にスタジオ行ったとき、帰り際に女の人が来たじゃん？　米村さんとは別の人。あれって仕事関係の人か何か？」

桜庭は顔を背けたまま、何も答えなかった。

あの女性は四十代半ばといったところだろうか。やたら派手な格好をして、香水のにおいがきつかったのを覚えている。

いつかの電話でも桜庭は急な来客を詫びながらも、彼女について深く話そうとしなかった。あのとき俺の問いかけをあえて遮ったのではと感じたのは、気のせいじゃなかったかもしれない。一つ、思い当たることがあった。

「ひょっとしてあの人、ギャラリーストーカーってやつなんじゃないのか？」

桜庭の肩がぴくりと動いた。

ギャラリーストーカー。個展を開くアーティストに近づいて関係を迫る、迷惑極まりない人間だ。ターゲットになるのはたいてい個人で活動する若いアーティストの卵。作品に興味がある素振りさえ見せれば、多少言い寄っても相手は強く出られないだろう――卑劣にもギャラリーストーカーはそう考えるらしい。

「あの人、どっかで見たことある気がしてたんだ。それで思い出したんだけど、確か俺と沙也香が行った個展にも、あの人が来てたよな？」

静かに写真を鑑賞する人たちの中で、桜庭と話す女の姿はひときわ目立っていた。やけに彼との距離感が近く、写真の方を一瞥《いちべつ》もしていなかったことも気になった。今考えると、俺と沙也香を見た桜庭が塩対応だったのも、あの女の対応でそれどころじゃなかったからだろう。

「よくあるのは女の子が被害にあってるって話だけど、逆のパターンもありえるだろ」

「…………」

「スタジオにあの人が来たときの桜庭くん、妙に顔が曇ってた。実は個展でちらっと聞こえちゃったんだけど、あの人から金絡みの話をされてたよな」

思うにあの女は過去、フリーに転身するため金策に困っていた桜庭の、パトロンになったんじゃないだろうか。スタジオのリフォームに相当な費用がかかったと、前に桜庭自身がぼやいていた。他にも入り用なものはたくさんあっただろう。彼の年齢を考えると、それだけの金額を工面するのは簡単ではなかったはず。女はそこにつけこんだ。

そうして善意を装って金を都合してやった上で、もはや逆らうことができなくなった桜庭に、対価を求めているのだ。

自分で押しつけた善意の、対価を。

「困ったときはお互いさまって言うだろ？　俺も桜庭くんに助けてもらってるし、桜庭くんにもし何か人には言えない困り事があるなら、今度は俺が助けになりたいんだ」

それでも桜庭は黙っていた。国道沿いの山並みを眺めているのか、運転席からはほとんど彼の後頭部しか見ることができない。

しばらくの無言を経て、

「林田さんには関係ないことです」

そう言って、桜庭はふたたび前を向いた。さも何でもないような、気だるげな表情だ。だが俺にはその横顔が、言葉とは裏腹にＳＯＳを訴えているように思えて仕方なかった。

だいたい今の言葉は桜庭らしくもない。冷静な彼ならごまかすにしても適当に嘘をついて済ますだろうに、「関係ない」という拒絶の言葉を使ったあたり、よほど動揺していたと見える。男がギャラリーストーカーの被害にあっているなんて、とても人には言えない。そう考えて一人で抱えこんでいるに違いない。

「ところで」と、桜庭は言いよどんだ。急いで代わりの話題を探している、というような口ぶりだ。「前からちょっと、気になってたことがあって。……会食のとき、沙也香さんが披露してたバイオリン演奏。あれって、ご本人が提案したことだったんですか？」

何かと思えば、ずいぶん突拍子もない質問だ。

「いいや、沙也香は人前に立つのが苦手だからな。あれは沙也香じゃなくて、お義母さんたってのリクエストだったんだ」

小学生のときの怪我が原因でプロになる夢をあきらめたとはいえ、今でもバイオリンは沙也香の特技だ。それをゲストにも聴かせたいという、義母の親心だろう。

「ふうん……」

答えを聞いた桜庭はどこか釈然としない様子だ。

「沙也香さんって、本当にバイオリニストになりたかったんですかね」

「えぇ？　そりゃそうだろ、そのために毎日練習してたくらいだし。しかも海外の音大に行くのを目標にして英会話の教室にも通って、って、遊びたい盛りの小学生がそれだけストイックに努力してたんだから、よっぽどのことだ」

不幸にも怪我のせいで夢は断たれてしまった。けれども、

――カズくんみたいないい人に出会えて、わたし、本当に幸せ者だね。

夢が断たれたからこそ沙也香が地元を離れることはなくなり、そうして俺との出会いにつながった。運命の良し悪しなんて、人生が終わるときまでわからないものだ。

「さ、そろそろ着くぞ」

ずっと直進していた国道から折れ、県道に入る。目的地まであと数分だ。ふうっ、と息を吐いて自分に活を入れると、心臓が、怒りを思い出したかのように騒がしくなってきた。

今こそ夫として気張らなくては。結婚式のあの忌まわしい事件を、いつか、沙也香と笑い話にできるように。

約束していたカフェに着いた。車のドアを開けた瞬間、ぽつ、と雨のしずくが落ちてきた。


待ち合わせだと和臣が告げると、カフェの店員は自分たちを奥の席へ案内した。そこには尾崎藍里がひとり、メニューを眺めながら待っていた。どことなく面持ちが上機嫌に見える。

「すいません、お待たせしました」

「あ、和臣さん！　遠いところどうも」

顔を上げた藍里が礼儀正しくお辞儀をする。ちらりとメニューを見れば、開かれていたのはスイーツのページだった。パフェでも頼もうとしていたのだろうか。

「こちらが電話で話した桜庭くんです」

「……どうも」

「改めまして、尾崎です。結婚式でカメラマンされてた方ですよね？　和臣さんには感謝しなくっちゃ。事務所の仕事を取ってきてくれたわけですから」

どういう意味だ。

横に座る和臣を見やると、

「そういえば言うの忘れてたな。ここで会う約束を取りつけたとき、桜庭くんがフリーになってから確定申告を税理士に頼もうか迷ってる、ってことにしたんだ。いきなり税理士の先生と話すより、前もって金額とか諸々《もろもろ》をざっくばらんに知りたがってる、って」

なるほど、それで「相談に乗ってやってほしい」とでも言ったのか。確かに沙也香さん抜きでその友人と会うのは難しいだろうが、

「口実に僕を使ったってわけですか」

「え？　何ですか、口実って」

「そう怒るなよ。他に方法が思いつかなかったんだ」

「怒ってはいませんけど、事前に言ってはほしかったですね」

藍里を無視して話していると、店員が注文を訊きに来た。こちらの様子がおかしいと察したのか、藍里は飲み物だけでいいという。三人分のアイスコーヒーを頼んでから、和臣は改めて姿勢を正した。

「藍里さん。もう察してらっしゃるかもしれませんが、今日お呼び立てしたのは確定申告の話をしたいからじゃありません」

言いながらさっそくスマホを取り出す。

自宅を出る前に準備してきたのだろう、〈パティスリー・プールヴー〉のレビューページが出てくるまで、そう時間はかからなかった。

《せっかくケーキが美味しい店ではあるが、近ごろ女性店員の態度が目に余る。レジ打ちもだらだら、喋り方もぼそぼそしていて、やる気があるのか？

二十代前半の若い人だから大目に見ようと思ったものの、どの商品にしようか迷う客を放《ほ》ったらかしにしていたのには呆れた。普通ならどういったケーキがお好きですか、とか積極的に声掛けをするだろうに。あんな様子では店の品位まで落ちてしまう。店側ももう少し厳しく教育をするべきではないだろうか》

「〝あまりにやる気のない店員は、辞めさせるくらいしてもいいと思う〟――このレビュー、藍里さんが書いたんですよね」

「……何言ってるんですか。違いますけど」

先ほどから揺らいでいた藍里の警戒心が、目に見えて強くなった。

彼女にしたら不意打ちも同然だろう。嘘をついて呼び出されたかと思ったら、自身の悪行を鼻先に突きつけられているのだから。

「しらばっくれても無駄ですよ。何の確証もなくこんな話をしてるわけじゃないんです。押し問答で時間を無駄にしないためにも、今ここで認めてくれませんか」

「知りませんって。沙也香がこういうのに悩まされてたのは聞いてるけど、わたしがこんな投稿するわけないでしょう？　わたしと沙也香は――」

「大の親友なんだから、ですか？」

「そうですよ！」

藍里の顔がいよいよ険を帯びていく。その目尻は吊《つ》り上がり、和臣を鋭く睨みつけている。

さっき煽り運転をして追い抜いていった女性の表情と、そっくりだった。

「いくら沙也香の旦那さんだからって、許せることと許せないことがあります。嘘を言って呼び出した上に、人をこんな風に疑うだなんてひどすぎません？　沙也香は今日のこと、知ってるんですか？」

「知ってるわけないでしょう。沙也香のメンタルを思うと、少なくとも今はまだ言えません。散々苦しめられて、職を失うことにまでなった元凶の悪質レビューを、まさかあなたが書いていたなんて」

「だから！　わたしじゃないって言ってるでしょ！」

叫び声が店中にこだました。店員や他の客が訝しげにこちらを見やる目。それに気づいたのか、藍里は焦ったように腰を浮かした。

「バッカみたい。せっかくの週末だったのに最悪。こんな話ならもう、帰るんで」

「人が逆ギレするときの顔って、こんな感じなんだな……」

「はあっ？」

しまった。ついつい心の声が洩れていた。

案の定、怒りの視線がこちらへと向けられた。

「ていうかあなた、何なんですか？　ただのカメラマンでしょ？　そんな人が何しにこんなとこまで来たんです？」

確かに相手にしてみれば、自分の存在は意味不明だろう。

ただのカメラマン。まったくもって、反論のしようもない。何でこんなところにいるんだろうと自分でも思うけれど、しかし、来てしまった以上は仕方がない。

「まずは座りましょう。尾崎さん、あなたのインスタグラムがこれです」

と、和臣のスマホの横に、自分のスマホを並べる。

悪質レビュアーの画面と、藍里のインスタの画面。二つの画面を順々に指し示す。

「この悪質レビューが投稿された日、あなたのインスタも更新されてますよね。ケーキを買いに沙也香さんのパティスリーを訪れたんでしょう？　ほら、このとおり。日付も、場所も、完全に一致している」

「そんなのたまたまでしょ。それくらいで疑われたんじゃ――」

「このレビューも、このレビューもそうだ。悪質レビューと同じ日、同じ場所の投稿が、あなたのインスタにもアップされてます。まあ、書かれている内容はまったく違いますが。

おまけに別のグルメサイトでも複数のアカウントを作りましたよね？〈パティスリー・プールヴー〉のレビューを書くために。もっと言えば、沙也香さんの批評をするためだけに。しかし、よくもこれだけ違う文章を書き分けられたもんだ。いくつもの人格になりきれるなんて、よっぽど文才があるんですね」

二つのスマホを同時に示して問い詰めていくうち、藍里の顔は、着実に青くなっていった。こちらの皮肉に言い返す余裕もないらしい。

だがまだ認める気はないようだ。こうなったら、ダメ押しの一手を切り出すしかない。

「尾崎さん。情報開示請求という言葉、聞いたことはありますか」

途端、藍里の瞳が大きく揺れた。思いがけぬ単語に動揺し、さらにはこの先のことを想像して、おびえているのだろう。さっきまでの威勢はもう完全に失《う》せてしまっている。

「カスタマーハラスメント、略してカスハラ。世間でもそれが大きな問題になっているのはご存知でしょう。これらのレビューには明記こそされていませんが、沙也香さんを特定できるだけの具体的な特徴が書かれています。明らかな悪意、カスハラと認定されることでしょうね。実は僕の知り合いにこういった案件に詳しい弁護士がいまして、近々、林田さんに紹介する予定なんですよ」

最後のは口から出任せだったが、嘘も方便だ。

目論見《もくろみ》どおり藍里の眉は焦燥に激しくゆがんだ。

「弁護士、って、そんな大げさな」

「仕方ないでしょう。悪質レビュアーはあなただと踏んでいたのに、違うとおっしゃるんですから。その手のプロに情報開示請求をしてもらって、誰が書いたのかはっきりさせないと」

「もちろん犯人が自分がやりました、って名乗り出てくれるのが一番なんですがね」

と、和臣も便乗してきた。

「こっちだって沙也香のためにも大ごとにはしたくない。でも、かといって犯人を野放しにもしておけません。犯人が名乗り出てくれない以上は弁護士を立てて、裁判を起こすことにもなるでしょう」

弁護士。裁判。常識のある社会人なら、このワードにひるまないはずはない。藍里は口を真一文字に結び、しばらく逡巡《しゅんじゅん》しているようだった。

やがて、とうとう観念したらしく、

「……わたしが書きました」

その瞬間、自分と和臣は思わず視線を交わしあった。やったな、とでも言うように和臣の目はらんらんと光っている。

ところが藍里の言葉は、まだ終わりではなかった。

「でも悪質レビューっていうのは聞き捨てなりません。弁護士だとか裁判だとか、もしやりたいならお好きにどうぞ」

「開き直るんですか」

和臣の面持ちにまたしても怒りが差していく。自分にとってもこれは予想外の展開だった。

「開き直るも何も、後ろめたい気持ちなんかありませんよ。だって、沙也香のためにやったことですから」

「は……？」

「和臣さん、知らないんでしょ。沙也香の働きぶりがどんなだったか。あの子がパティスリーで働いてるとこ、実際に見たことあります？」

黙っている和臣に対し、藍里は「やっぱりね」と呆れ顔で首を振った。

「わたしは何度も遊びに行ってたから知ってます。友だちだっていう贔屓目《ひいきめ》で見たところで、沙也香の勤務態度はとても褒められたものじゃなかったんですよ？

おっしゃるとおりそのレビューも、他のアカウントのレビューも全部わたしが書きました。でも嘘は一度だって書いてません。全部、パティスリーでわたしが目にした出来事です。たとえば箱詰めが遅いっていうレビュー。沙也香ってばお客さんの列がずらっとできてるのに、全然焦る素振りもなかったんです。専門学校を卒業して二年も働いてたんだから、もっとてきぱきやるのが普通でしょう？　バーコード決済だってお客さんがわからないならさっさとやってあげればいいのに、頑《かたく》なにスマホを受け取ろうとしなかった。髪型についてわたしがやんわり指摘しても、もうちょっと伸びたら結ぶからって言うだけで。たとえわたしがレビューに書かなくたって、遅かれ早かれお客さんからクレームが来てたでしょうね。

それに、そうそう、誕生日ケーキの件もひどかったんですよ。あのときわたしはイートインスペースでお茶してたんですけど、お客さんが文句を言ってるのが聞こえて見てみたら、沙也香、お客さんの前でしくしく泣いちゃってて。いくら嫌なことを言われたからって、仕事中に泣くなんてありえなくないですか？　学生バイトじゃあるまいし、社会人にもなって泣けば何とかなるなんて考えるのは幼稚すぎるでしょ。

あの子に指摘するには、やんわり優しく、じゃ駄目なんです。まして友だちが言ったところで甘えが出ちゃうだけ。だから、他の方法で注意してあげようと思ったんです。沙也香が自分自身の間違いや不真面目さに気づくためには、レビューでまったくの第三者を装うしかなかったんですよ。

これでわかってもらえました？　悪質だなんて穿《うが》った見方はやめてください。わたしはあくまでも沙也香のために、よかれと思ってレビューを書いたんですからね」

藍里は、まっすぐな目をして主張を終えた。

沙也香さんのため。どうやら本気で言っているらしい。保身のためでないことは、正義感あふれる表情からも明らかだった。だとすると他の店の低評価レビューも、すべてその店をよくするために、純粋な善意で書いたというわけか。……てっきり自己正当化の言い訳をするだろうと思ったのに、まさか、こんな斜め上の善行話を聞くことになるなんて。

気になって横を見やると、和臣は、まるきり相手の主張に圧倒されていた。開いた口がふさがらないとはこのことだ。

「じゃあ」

と、やっとのことで彼は声を洩らす。まるで相手に気後れしているかのように、先ほどとは打って変わって語気が弱い。

「じゃあ、悪いとは、思ってないのか」

「悪い？　ああ、パティスリーを辞めさせられたことですか？　それとも心を病んじゃったって話？」

藍里は嘆かわしいと言わんばかりに嘆息した。

「いずれにしたって沙也香の心の問題でしょう。和臣さんはレビューがきっかけで沙也香が心療内科に通いだしたと思ってるんでしょうけどね、違うんですよ。あの子は高校のときからずっと、何かあるとすぐお医者さんに泣きついてるんです。まあ、沙也香の母親はああいう人なんで、家庭内でも色々あったんでしょうね。そりゃお薬に頼るのもいいと思いますよ。でも、それに頼りきりになって自分で自分を変えようと思わないって、どうなんですか？

もちろんパティスリーを辞めさせられたって聞いたときはびっくりしました。ただ、結果としてわたしはあれでよかったと思ったんです」

他でもない自身の行いが原因で、友人は職を失う憂き目にあった。それなのに、よかった、とは——。

藍里は堂々と髪をかき上げてみせた。

「だって、沙也香にとってはいいきっかけになるでしょう？　実際いい学び、いい社会経験にもなったと思いますよ？　ちょっと荒療治だったかもしれないけど、あの子が強くなるにはあれくらいのことがなくちゃ。わたしとしては沙也香が仕事を辞めた後にきちんと自分を見つめ直して、また再出発してくれればいいと思った。あの豆腐メンタルがちょっとは鍛えられれば、あの子のためになると思った。それなのに」

と、非難がましい眼差《まなざ》しが和臣に注がれた。

「あなたと付き合うことになって、沙也香は変わるチャンスを失った。この際だから言いますけど、和臣さんは沙也香に甘すぎるんですよ。俺がいるよ、って支えてあげるのはいいとして、可哀相だね、って同情しかしないのは沙也香のためになりません」

「どの口が……」

そう反論しかけるも、

「いつまでも男にすがってるようじゃ駄目なんですよ、沙也香は！」

和臣の声は、藍里の言葉にあえなく呑みこまれてしまった。

「いい加減、金銭的にも精神的にも自立しなくちゃ、いつまで経ってもあの子は弱いままですよ！　専門学校に通ってた頃だってそうです。沙也香がコンカフェでバイトしてたのは知ってます？　あの子、精神的な寂しさから店に来る客と関係を持ちまくってたんですよ？」

過激な話に、どきりとした。

「しかもそれだけじゃ足りなかったのか、マッチングアプリで男漁《あさ》りまでして――」

「あの、旦那さんにそういうことを話すのはどうかと思うんですが」

さすがに和臣が気の毒になった。が、たしなめても右から左。むしろ相手をいっそうヒートアップさせるだけに終わった。

「旦那さんだからこそ言うんです！」

正義が、善意が、暴走している。

「生涯のパートナーなら相手のいいとこも悪いとこも全部知っておくべきでしょ？　それが夫婦ってものでしょ？　知った上で受け止めるのが、真実の愛じゃないんですか。あなたはどうせ、沙也香を可哀相だ、守ってやらなきゃと思っているだけなんでしょうね。でもそれじゃ何の意味もない。だいたい上から目線だし、沙也香を否定してるようなものですよ？」

ああ、無理だ。いつの間にか立場が完全に逆転している。こうなったらフォローのしようもない。

和臣の、完敗だ。

「沙也香を本気で愛しているんですよね？　だったら悪質レビューだとか言ってわたしを断罪してないで、沙也香と真っ正面からぶつかって、あの子の弱いところを正してあげないでどうするんですか！」

帰りの車内には、異様な静けさが漂っていた。車のボディを叩く雨音が、やたらと厭《いと》わしく聞こえる。

多少ほのぼのしていた行きの様子とは正反対だ。気まずくて、息苦しい。藍里の勇ましげに胸を張る姿が、忘れようとしても忘れられない。演説をするかのごとく主張する声が、耳にこびりついてしまっている。あれは、強烈だった。

智恵の話を聞いたときも思ったが、藍里も藍里で、どの立場に立っているんだろう。沙也香さんのコーチにでもなったつもりなんだろうか?

彼女の働きぶりが不真面目に見えたというのは、おそらく認知のゆがみによるものだと思うが、藍里にとっては自身の感覚こそが真実だった。だから沙也香さんを正してやろうと考えた。そこに何らの矛盾もない、というわけか。……まったく、実に素晴らしい友情だ。彼女が沙也香さんを心から「親友」と思っていることは、これでよくわかった。

藍里はズレた正義感に駆られていることにも、その正義感によって親友をただ不幸に陥れているだけだということにも気づいていない。いや、たとえ気づいても善意による行いであるからには、反省するなんて発想には永遠に至らないだろう。それどころか正義は、善意の名のもとにいよいよ正当化されてしまう。

履き違えた善意だ、屁理屈《へりくつ》だと言ってみたところで、彼女に響くことはきっとない。過度なお節介を焼く者の深層心理には、往々にして相手を下に見るマウンティング要素が隠れているものだ。が、彼女は断じてそれを認めないだろう。何と言っても「沙也香のため」。彼女の中に、悪意はないのだから。

「何て女だ……」

隣から力ない声が聞こえてきた。見ると和臣の顔は苦虫を嚙み潰したようになっている。いまだショックを引きずっているのだろう。妻を貶《おとし》めた犯人を糾弾しに行くつもりが、知りたくもない妻の過去を聞かされ、果てはなぜか説教される羽目にまでなってしまったのだから、彼の心中は察するに余りある。

「沙也香のいい友だちなんだって、いい人だって、思ってたのに。まさか、あんなわるい奴だったなんて」

わるい奴、か。

「……でも、毒とは無関係だった。てっきり毒を盛った犯人も、あの女だと思ったのに」

林田宅のポストに入っていた例の写真を突きつけると、藍里はそれに目を凝らして、こんなものは知らないと答えた。そればかりでなく、

――沙也香が着てるの、高校の制服じゃありませんよ。うちの高校はブレザーでしたから。この写真で着てるのってセーラー服でしょ。たぶん沙也香の中学の制服じゃないですか。というか和臣さん、妹さんが同じ女子中学校に通ってましたよね？

しかし当の和臣は、妹のセーラー服姿が記憶から抜け落ちていたらしい。思い出していればもっと早く写真の謎解明に近づけただろうに。彼らしいといえば、彼らしいのだが。

訊けば藍里は、中学までは親の都合で違う県にいたそうだ。

「中学時代の沙也香と藍里は接点を持ちようがなかった。智恵さんも中学までは別の市にいたそうだから同じだ。これで容疑者から二人が完全に外れた。橋本智恵じゃない。尾崎藍里でも

ない。となると、犯人は――」

そこまで言って、和臣は疲弊感をあらわにした。

「何だかもう、嫌になってきちゃうよな。この先のことを考えると気が滅入《めい》って……あの人を追及するなんてこと、本当ならしたくない」

「……血がつながっているから犯人じゃないってことは、ないかもしれませんよ」

正直すぎる発言だったろうか。でも、目を背けていては解決できない。

まして犯人だからこそ、これ以上の騒ぎにはするな、警察には言うな、とあれだけ目くじらを立てていたんじゃないだろうか。

和臣は何も言わなかった。

雨は次第に弱まって、分厚い雲の切れ間から日の光が差してもなお、車内にはワイパーの動く音が聞こえていた。


プロポーズの場所は、県内にある高級ホテルだった。

バーを併設した屋上テラスからは、街の夜景が一望できて、春も間近の心地いい風が吹いていた。あれほどムード満点の場所もそうそうない。完璧なシチュエーションだったと思う。

――今日は実家に何て言って来たの?

――友だちの家に泊まるって。智恵と藍里と三人でお泊まり会だって言ったら、お母さんもどうにか納得してくれたよ。

夜景を見つめる沙也香の横顔には、街の明かりと、夜の闇が溶けあっていて、その境界はあいまいだった。

ソムリエがおすすめだと言って出してくれたシャンパンは、スカイブルーの色をしていた。涙の色。まるで沙也香を表すような色だ。

婚約指輪を取り出してプロポーズをすると、沙也香は驚きに目を見張り、やがて頰にはひと筋の涙が伝った。

――カズくんみたいないい人に出会えて、わたし、本当に幸せ者だね。

ああ、この子とずっと一緒にいたい。彼女の涙を見てしみじみと思った。沙也香との日々はきっとこの上なく楽しいものになるだろう。大人しくて気弱で、すぐに涙してしまう沙也香を、これからは俺が支えるんだ。あらゆるトラブルから守ってみせるんだ。そう思ったら高揚感で胸がはち切れそうだった。……まさか最上級のトラブルに、こんなにも早く見舞われようとは、そのときは思っていなかったが。

待ち合わせ場所にしていたショッピングモール駐車場で桜庭を降ろしたのが、午後三時。そこから自宅へ戻るまで五分。

その間、俺はずっと、放心状態のままだった。

気持ちの整理がつかない。家に帰るのが、正直怖い。

藍里がゆがんだ正義感の持ち主だったこともさることながら、それにも増してショックだったのは、沙也香の過去だ。コンカフェで働いていたことはまだ目をつむれる。でも、男を漁り、食いまくっていたという藍里の話は、本当に、本当なんだろうか？

俺が見てきたシャイで慎《つつ》ましい沙也香と、藍里が暴露した過去の沙也香。二つのイメージがどうしても結びつかない。かといって、藍里の表情からは嘘が感じられなかった……。こんな気持ちを抱えたままで、どう沙也香と顔を合わせればいいんだ。

そうこう考えているうちに、自宅の玄関前に着いてしまった。

「……ただいま」

「あれ、おかえりカズくん」

リビングに入った瞬間、目に飛びこんできたのはハンドバッグを手にする沙也香だった。何だか、いつもと感じが違うような。

「休日出勤だったんでしょ？　けっこう早く終わったんだね」

「ああ、まあな」

市役所では入籍日にこだわる夫婦のため、土日や夜間でも婚姻届を提出できるよう当直室を開けてある。もっとも書類を受け取るのは警備員であって職員が時間外に出張ることはないのだが、土日に出かける口実としては使えた。

「今からどっか行くの？」

「あ、うん。買い出しに……」

それにしてはきちんとした格好だ。沙也香お気に入りのワンピースに、化粧までして。スーパーへ行くだけのときは、マスカラなんてしないのに。おまけに左の薬指には、よそ行きのときだけ着ける指輪が――俺が贈ったブランドもののダイヤの婚約指輪が、輝きを放っている。

凝視しすぎていたせいか、沙也香は恥ずかしそうにうつむいた。

「今日はモールの方に行くの。ついでにコスメとか服も見てこようと思って」

それで、よそ行きの格好をしているのか。ほとんど家でふさぎこんでいた沙也香が買い出し以外で出かけるのは、結婚式以来、初めてかもしれない。ショッピングをする気分になるだけメンタルが回復してきたということか。それはいい兆候だ。夫としても非常に喜ばしい。

……と、言いたいところだが。

「一緒に行こうか?」

そう提案すると、沙也香は困ったように目をそらした。

「えっと、今日はその、一人で行きたくて」

どうも様子がおかしい。

一人きりでゆっくりショッピングを楽しみたい。普段であればその考えにも納得できただろうが、今は違う。藍里の話を聞いてしまった今は。

ひょっとしてモールに行くこと自体、嘘じゃないか? 俺が一緒だと何か不都合があるから、一人でいいと断っているんじゃないのか? 誰かに会うとか……男だとか……でも婚約指輪まではめていくということは、男絡みの用じゃないってことだし……。

「あのさ、沙也香」

思考がまとまるよりも先に、声が出ていた。

「ん？　何？」

目の前に立っているのは、きょとんとした顔で俺を見つめる妻。

一生愛すると誓った妻だ。

——あの子、精神的な寂しさから店に来る客と関係を持ちまくってたんですよ？　しかもそれだけじゃ足りなかったのか、マッチングアプリで男漁りまでして——。

沙也香。おまえ、ヤリマンだったの？

そう喉元まで出かかって、慌ててかぶりを振った。本当のことを知りたいという気持ちと、本人の口から聞きたくないという気持ちがせめぎあって、俺の喉をためらわせた。

うん、そうだけど——もしそんな答えが返ってきたら？　想像するだけで寒気がする。本人が認めてしまったら、俺は沙也香を、今までどおりに愛せるだろうか？

やっぱりやめよう。今ここで衝動的に尋ねたって、いいことなんて何もない。そもそも過去を問い質《ただ》したところで何になる？　……そう、俺が大事にするべきは、今の沙也香。沙也香も今の俺を愛してくれている。それでいい。昔のことなんて別に、どうだっていいじゃないか。

「カズくん、どうしたの？　何か大事な話？」

沙也香が不安げに俺の顔をのぞきこんでくる。

「いや……」

まずい。意味ありげに声をかけてしまった手前、何か言わないと変に思われる。と、そこで思い出したのは桜庭のひと言だった。

「沙也香ってさ、本当にバイオリニストになりたかったのか?」

「えっ……どうして? ずいぶん突然だね」

「実は前から気になってたんだ。式の余興だって、本当はやりたくなかったんじゃないかな、って」

これは嘘だ。桜庭に指摘されるまで、俺は沙也香がバイオリンを好きで弾いているのだと信じこんでいた。

バイオリンを嫌々弾いていた? なぜそんな風に思うのか? ドライブ中、桜庭に問うてみたら、返ってきたのはこんな答えだった。

——余興のとき、お立ち台に立った沙也香さんの顔が妙に曇っていたからですよ。毒で体調が急変していたっていうのも理由だったんでしょうけど、それだけじゃなくて、こう、内側からにじみ出る嫌悪感というか。……不思議なものでね、カメラのファインダー越しだと人の本心が見えるんですよ。

——すごいなそれ、特殊能力?

——そんなんじゃないですけど、強いて言うなら職業病、ですかね。

さらに桜庭は、若松家の近所に昔住んでいたという米村さんの話にも引っかかりを覚えたという。米村さんは沙也香が小学生のときに負った怪我が原因で、バイオリニストの夢をあきら

めざるを得なくなったと話していた。それは俺も沙也香や義母から聞かされていて、間違いのない話だ。ところが、

——あのとき米村さん、沙也香さんのお母さんの様子がどうだったかってことばかり話して、沙也香さん自身の様子についてはちっとも話してませんでしたよね。それだけお母さんの憔悴っぷりが印象的だったとしても、本来なら怪我をした本人、夢をあきらめるしかなくなった沙也香さん本人の様子こそ、印象に残ってるはずじゃありませんか？　だからあの後、また米村さんがスタジオに来たときに、それとなく訊いてみたんです。

——当時、沙也香の様子はどうだったかって？

——はい。そしたら米村さん、こう言ってました。〝沙也香ちゃんは怪我をしてから、不思議と吹っ切れたみたいに明るくなってね〟って……。

「そっか、気づいてたんだ。やっぱりカズくんには隠し事、できないなぁ」

小さく笑うような、力ない声が洩れた次の瞬間、沙也香のまつ毛が震えた。透明な涙がひと筋、つぅ——と頰を流れていく。

それを見た途端、心が激しく揺さぶられた。

沙也香のまつ毛が震えるのに呼応して、俺の胸も打ち震えるようだった。共感。いや、これは同情か。内側にあるデリケートな部分が、指で一直線になぞられるようなこの感覚。そうして沙也香の涙は、いつだって俺を奮い立たせる。

桜庭は他に何て言っていたっけ？

――これはあくまで僕の邪推ですけど――。

「これはあくまで俺の邪推だけど、小学生のときに怪我したって話、してただろ。あれは沙也香が、自分の意思でピラミッドのてっぺんから落ちたんじゃないか？」

濡れた瞳が俺を見上げた。

沙也香はおののくように口を開いては閉じていたが、やがて、

「……うん」

うなずくが早いか、わっと両手で顔を覆ってしまった。

「カズくんの言うとおりだよ。わたし、本当は、バイオリニストになりたいなんて思ってなかった。お母さんが、沙也香には才能がある、絶対一流になれるはずだって、信じてたから、その期待に応えたかっただけなの」

涙声を揺らし、しゃくり上げながら沙也香は告白した。

「でも、来る日も来る日もバイオリンの練習ばかりで、友だちともろくに遊べなくて、窮屈で。そこまで努力しても、段々とコンクールで一番を獲れないようになっていって、そのせいでもっと練習が厳しくなって、つらくて、逃げ出したくなって……」

だから沙也香は、わざと怪我をした。それも、相応の痛みを伴う怪我を。

いったいどれだけの勇気が必要だったことか。幼心にも自分の才能の限界はわかってしまう。かといってあの抑圧気味の母親にもう辞めたいとは言い出せない。そんな中ですべてを丸く収めるには、物理的にバイオリンを弾けなくなるようにするしかなかったのだ。

何ていじらしい。小学生の沙也香が精神的に追い詰められ、決死の覚悟でピラミッドの頂上に立っている姿を想像するだけで、俺は、

「大丈夫だ、沙也香」

と、彼女を抱きしめずにはいられなかった。

「ごめんなさい……」

背中をさすってなだめても、沙也香は謝ることをやめなかった。

「最低だよね。お母さんはわたしのために頑張ってくれてたのに。カズくん、こんなこと聞いて、引いちゃったよね、きっと」

「ははっ、馬鹿だなあ沙也香は。引くわけないだろ。どんなことでも、どんな過去でも、俺はおまえの全部を受け止める。いいことも悪いことも分かちあうのが夫婦ってものだろ？　だから、つらいことは何でも隠さず打ち明けてくれないか。たとえ世の中にいる全員が責めたとしても、俺だけは沙也香の味方だから」

犯人捜しをするうち、俺は悟り始めていた。沙也香の周りには「いい人」ばかりが集まる。見せかけだけの、いい人が。

沙也香もそれに気づいているだろうか？　ひょっとしたら周りの人間が抱くニセモノの善意に、違和感くらいは覚えているかもしれない。けれど彼女は、こう自分に言い聞かせてきたんだろう。

この人のことを嫌ってはいけない。

だって、こんなによくしてくれるんだから。こんなにも自分のためを思ってくれる、いい人なんだから、と。

そうやって人の善意を無下にできず、違和感を持つ方こそ間違っているのだと、自分を責めてきたんじゃないだろうか。

沙也香の肩は細く、今にも壊れてしまいそうなほど頼りなかった。

俺は抱く力にそっと力をこめる。沙也香もしがみつくように俺の背中に手をまわして、しばらくの間泣いていた。

――まさかとは思うが、家でもデリカシーないこと言って沙也香ちゃんを泣かせてないだろうな？

直人は俺を見くびりすぎだ。モラハラに気をつけろだとか、他人に忠告されるまでもない。俺は沙也香の涙を拭いてやる側。こんなにも沙也香を、愛して、理解して、受け入れて。いつだって、沙也香の幸せを思っているんだから。


「あれから改めて考えてみたんですが、もし沙也香さんのお母さん、若松香が犯人だとしたら、彼女はどうやって毒を手に入れたのか？　というか、そもそも〝毒〟とはどんな代物なのか？　一度この辺りをはっきりさせておく必要があると思うんです」

病院での態度を思い返す限り、あの母親はおそらく一筋縄ではいかない。

いずれ対峙《たいじ》して問い詰めるにしても、こちらのカードとなる根拠を、できる限り用意しておいた方がいいだろう。

「ああ……」

「今さらな疑問ではあるんですけど、人を一発で胃潰瘍にする毒薬なんて本当に存在するんでしょうか？　あったとしてもそんな劇薬、一般人は手に入れられないはずだ。たとえば沙也香さんを昏倒《こんとう》させるだけが目的なら、睡眠薬でも事足りますよね」

「え？　うん、そうだな」

「ここからは毒イコール睡眠薬だった、という仮定の話ですが――。

沙也香さんはどうやら目立つのが苦手な性分みたいですから、さらに人前、しかも結婚式という場であれば、極度の緊張状態にあったと推測できます。そこへ加えて睡眠薬を盛られ、意識が朦朧《もうろう》としてしまった。しかし主役の自分が体調不良を訴えるわけにはいかない。ゲストの手前、どうあっても余興のバイオリン演奏をこなさなければならない。そんな状況だったとすると、ストレスレベルは僕らじゃ想像もつかないくらいだったでしょう。そうして急性の胃潰瘍につながったんじゃないかと考えたんですが、林田さんはどうですか？

もちろん僕は医者でも何でもないので素人考えに過ぎませんし、シャンパンの色が変わったことについてはどういう理屈かわかりませんけど……って、あの、林田さん。聞いてます？」

和臣は天井辺りをぼうっと見つめたまま、返事をしなかった。

今後の作戦を立てたいからまた会おうと言ってきたのは彼だというのに、スタジオに入ってきてからずっとこんな調子。こちらの話を聞いているのかどうかも定かでなく、まるっきり上の空だ。

「今日はあんまり身が入ってないみたいですね」

「…………」

「もしかして、何かありました？」

すると和臣は、緩慢に視線を下ろした。

虚ろな瞳でテーブルの木目を見つめ、そして、

「昨日、沙也香が自殺しようとした」

「えっ――」

「オーバードーズってやつ。風邪薬を一気飲みしようとしたんだ」

そう言うなりテーブルに肘をつき、がっくりとうなだれてしまった。

もっとも自殺行為は未遂で終わったそうで、沙也香さんは無事だった。

深夜、キッチンの方から聞きなれない物音がして目を覚ました和臣は、隣で寝ているはずの沙也香さんの姿がないことに気がついた。不思議に思ってキッチンに向かったところ、沙也香さんが手の平いっぱいの風邪薬を飲みこもうとしている場面に出くわし、大慌てで阻止したのだという。

「メンタルも順調に回復してたはずなのに、何であんなことをしたのか……」

「心当たりは？」

「そんなのないよ。男遊びの件だって、問い詰めようかとも考えたけど、沙也香のためを思って結局何も言わないでいたのに。くそっ」

なげやりに頭をガシガシとかいたのも束の間、「いや」と和臣は眉を開いた。

「ひょっとすると……ああ、そうか」何やら思い当たる節があったらしく、「実はバイオリンについて、沙也香に本心を尋ねてみたんだ。桜庭くんが言ってただろ、沙也香は本当にバイオリニストになりたかったのか、小学生のときの怪我はわざとだったんじゃないかって。あの予想、当たってたよ」

やはり、そうだったのか。

「当時のことを振り返ってるうちに沙也香の奴、泣きだしちゃってさ。たぶんバイオリンに苦しめられてた嫌な記憶がよみがえっちゃったんだろうな」

「つまり昔のトラウマが刺激されて、自殺行為につながったと？」

「きっとそうだ。間違いない」

……それはどうだろう？

バイオリンにまつわる嫌な記憶というならば、バイオリンそのものがトラウマのトリガーになっているはずだ。しかし沙也香さんは怪我をした後も趣味程度に演奏を続けていた。たとえ母親の強制であったとしても、式の余興で演奏を披露するくらいには、バイオリンに対する抵抗感がなかったと考えられるだろう。

自殺しようとした理由は、別にある。

けれどもそれは、自分の口から伝えるべきことではない。自殺行為の現場を目の当たりにしてショックを受けている今の和臣には、なおのこと。

「もちろん沙也香さんのことは心配でしょうが、林田さんまでメンタルを引っ張られてしまったんじゃ共倒れになりますよ。だから、その……元気出してください」

パートナーが自殺しようとした人に対して、軽すぎるだろうか。けれどそれ以上の言葉が思いつかなかった。

悄然《しょうぜん》と下を向いていた和臣は、長いため息をついたあと、ようやく顔を上げた。

「ありがとう。桜庭くんも、智恵さんも、本当にいい人だよな」

頭の中に「?」が並んだ。

なぜ、ここで智恵の名前が出てくるんだ？

「本当にそうだ。俺まで気落ちしてたんじゃ沙也香のことを支えてやれないもんな。智恵さんも、桜庭くんと同じことを言って励ましてくれてさ」

「智恵さんに会ったんですか？」

「や、ＬＩＮＥでね」

「ああ、沙也香さんと智恵さんのＬＩＮＥで――」

「そうじゃなくて、俺が智恵さんと個人的にやり取りしてるんだ」

いわく、沙也香さんを見舞うために智恵が自宅を訪れた際、彼女とＬＩＮＥ交換をした。それ以来、沙也香さんのことに関してあれこれとアドバイスをもらっている。沙也香さんの日々の様子、そして自殺未遂の件についても彼女に報告して、慰めてもらった。と、和臣は臆面もなく説明した。

……眉をひそめずには、いられなかった。

「いやそれ、アウトでしょ」

たまらず言うも、和臣はぴんと来ていないらしく首をひねった。

「沙也香さんは、そのこと知ってるんですか」

「いいや？　言ってないけど」

「だったら余計アウトだ。もう智恵さんには連絡しない方がいいですよ」

「何で？」

「何でって……」

どうしてこうも平気な顔をしているんだろう。

あえて指摘する必要はない。わかっている。和臣はどこまでいっても他人。こんな忠告をしてやる義理はない。こちらが得られる利益なんか、一ミリたりともないんだ。

そう、わかってはいるが。

「客観的に考えてみてください。林田さんにしたらただ沙也香さんのことを誰かに相談したいっていうだけなのかもしれませんけど、それ、疑われたって文句は言えませんよ？」

「疑われる？　俺が智恵さんと浮気してるかもって？　ははっ、ないない。それは絶対ないから大丈夫」

「林田さんは大丈夫でも沙也香さんはどう思います？　奥さんに黙ってその友人と連絡を取りあうなんて、常識的に駄目でしょ」

「ふーん。桜庭くんってけっこうお堅いのな。もし疑われても否定すればいいだけだ。やましいことなんて何もないんだからな。沙也香だって、別に気にしないと思うけど？」

そう言って肩をすくめてみせる和臣に、図らずも、イラッとした。

「自分のあずかり知らないところで自分のことを話されてるって、奥さんからしたら普通に不愉快ですよ。それがたとえ自分のためであったとしても、勝手に話題にされて、いい気分になる人っていいます？」

「考えすぎでしょ。いいじゃん、悪口言ってるわけじゃないんだから」

「だけど今の場合、沙也香さんは自殺未遂のことを智恵さんに知られたくなかったかもしれないじゃないですか」

いくら高校時代からの親友でも、言いたくないことの一つや二つはあるはずだ。ましてや自殺未遂なんてデリケートな話を、旦那が無断で伝えてしまうなんて。

「正直、軽率だと思います」

間違ったことは、言っていない。

すると和臣はむくれた顔になって、

「んだよ、めんどくせ」

と、舌打ちをした。

「桜庭くんさぁ、自分に相談してもらえなかったからって拗《す》ねてんの？」

「……は？」

何を言い出すんだ、この男は。

「当たり前だけど、智恵さんは桜庭くんよりも沙也香との付き合いが長いんだ。俺は沙也香のことをよく知ってる人に相談したかった。智恵さんは沙也香の親友で、もう容疑者からも外れてるし、充分信用に値する人だ。だから自殺未遂の件も報告した。それの何が悪いんだ？　だいたい俺が誰と連絡を取ろうが関係ねーだろ。ったく、うっとうしい」

和臣の声には、確かな棘《とげ》が含まれていた。

口出しをするな。妙な勘違いをするな。おまえは犯人捜しの協力者であって、それ以上でも以下でもないのだから——そんなニュアンスが、言外に感じられた。

こうなるともう、気を遣って言葉を選んでいるのが馬鹿らしくなってくる。

「あー……いや、やっぱ今のナシで」

どうやら我に返ったようで、和臣は謝罪ともつかない弁解を口にした。

「なんつーか、沙也香のことで参っちゃっててさ。つい売り言葉に買い言葉、みたいな？　悪かったって、このとおり、なっ」

前々から浅慮なところがあるとは思っていたが、ここまでとは。

拗ねてるのか、だって？　年下だからと下に見るのもいい加減にしてほしい。実を言えば、智恵のことは今も要注意人物だと思っている。その根拠だってある。だからまわりくどいのを承知で忠告したのに……。この男に伝えるかどうか、迷った末に伝えないことを選択していたけれど、もう我慢ならない。

和臣を無視してスマホを取り出す。起動したのはボイスレコーダーのアプリだ。

再生のマークをタップした途端、かすかなノイズ音とともに、音声が流れだした。

『ごめんねー、急に呼び出しちゃって』

『ううん。わたしも智恵と喋りたかったたし、嬉しいよ』

和臣の顔が一瞬で固まった。

何だこれは、と、もの問いたげな視線を向けてくる。

「聞いてのとおり、沙也香さんと智恵さんの声です。藍里さんに会いに行ったあの日、僕とはショッピングモールの駐車場で別れましたよね？　あの後、モールの敷地内にある喫茶店で休憩してたんですよ」

席に着いてからおよそ一時間後、そろそろ帰ろうと思ったタイミングで智恵が入店してきたのを見たときは、さすがに泡を食った。智恵は隣のテーブルに着き、さらに程なくして沙也香さんまでやってきたものだから、今度はとっさに顔を伏せた。

出先で知り合いに会うことはこの地方なら珍しくもない。が、いかんせん藍里を追及した帰りだっただけに、また結婚式の当事者たちに出くわすとは思わず、動揺してしまった。

「あの日……そうか、あんなよそ行きの格好をしてたのは、智恵さんと会うためだったのか。

「それならそうと、言ってくれればよかったのに」

和臣は和臣で何かを思い返しているらしく、ぶつぶつと独り言を垂れていた。

その喫茶店では座った際にテーブル同士で目線が合わないよう、木製の間仕切りがしつらえられ、その上に観葉植物が並べてあった。こちらの顔は二人には見られていないはずだ。単に友人同士でお茶をするだけなのかもしれない。そう思いつつも、無意識のうちに耳をそばだてている自分がいた。

「盗聴なんて悪いとは思ったんですが、もしかしたら事件解決のヒントになるかもしれないと考えて録音することにしました。それがこれです」

もう一度、再生をタップする。

店内のカチャカチャという食器類がぶつかる音や、店員の声が響く中でも、隣のテーブルにいた二人の声は支障なく聞き取れた。

『どうしたの、二人きりで話したいって？　例のお祓いのこと？』

『ううん……。沙也香には言わない方がいいかなって思ったんだけど、やっぱり、どうしても伝えておくべきだって考え直してね。実はさっき、藍里から電話があったんだ』

『藍里、何かあったの？』

言いよどむような間があった。

『今日あの子のとこに、和臣さんがいきなり押しかけてきたんだって。何か、弁護士？　みたいな人と一緒に。沙也香は知ってた？』

『知らない、そんなの。カズくんがどうして――』

『やっぱり沙也香には内緒だったんだね。藍里、電話の向こうで泣いちゃっててさ。和臣さんってば何を勘違いしたか知らないけど、もう俺の妻に関わるな、とか何とか言って藍里を怒鳴りつけたらしいよ』

「嘘だ、俺はそんなことしてない！」

「林田さん、落ち着いて」

藍里が電話で嘘八百《うそはっぴゃく》を言ったのか、それとも智恵が聞いた話をねじ曲げて沙也香さんに伝えたのか。わからないが、おそらくはその両方だろう。

『和臣さんが藍里のことをあんまりよく思ってないんだろうなっていうのは、沙也香がわたしたちに彼を紹介してくれたときからずっと感じてたことなんだ。沙也香を傷つけたくないから、言わないでいたんだけど。

藍里って白黒はっきりさせるタイプだし、人を見る目もかなり厳しいでしょ？　だから和臣さん、藍里のことを目の上のたんこぶみたいに感じてたんじゃないかな。自分の粗を探られないうちに、沙也香と藍里を引き離そうとしたんだよ、きっと』

『カズくんの、粗って』

『彼に対して不審に思うこと、今まで何にもなかった？』

沙也香さんはこのとき声を出さなかったが、おずおずと首を縦に振っているのが、観葉植物の隙間から見てとれた。

『そっか。彼、隠すのが上手なんだね。前にわたし、沙也香のお家にお見舞いに行ったじゃん？　あのとき沙也香は具合が悪くなったから休むことになって、少しだけ和臣さんと二人で話してたんだ。今だから言うけど、そのとき……和臣さんに、手を触られたの』

「はあっ？　そっちが手相見たいって言ってきたんだろうが！」

和臣が怒声を張った。

しかし、大事なのはむしろこの先だ。

『嘘、カズくんが、そんなこと……』

『びっくりして固まってたら、ぎゅっと手を握られて。しかもそのあと強引に連絡先を訊かれちゃってね。二人きりのときに迫られたから、わたし怖くて、ついＬＩＮＥを交換しちゃったの。今まで黙っててごめんね、沙也香。

彼とのやり取り、全部スマホに残ってるよ。わたしはあんまり取りあわないようにしてるんだけど、和臣さんしょっちゅう連絡してくるし、たまに電話もかけてきて、相談とかいう体《てい》で沙也香の愚痴まで言ってくるようになってさ。メンタルの浮き沈みに付き合うのがしんどいとか、結婚する相手を間違えたかもしれないとか。わたしにそんな愚痴を言ってくるってことは、まあ、つまり、そういうことだよね』

「こいつ――」

『もちろん全部無視したかったんだけど、それで逆上されても怖いし、かといってやっぱり沙也香に悪くて、心苦しくて、どうしたらいいのかわかんなくなっちゃって……。でも、隠さずに全部言おうって、今日こそ決心したの。

……あのね、沙也香。つらいとは思うけど、この先のことをちゃんと考えた方がいいよ？』

『この先の、こと？』

『わたしは沙也香が心配なの。絶対に絶対に幸せになってほしいの。だから、こんなこと本当は言いたくないけど、沙也香のためを思ってあえて言わせてもらう。和臣さんとは……あんな浮気男とは、別れた方がいいよ』

「何なんだよこれ!!」

とうとう堪忍袋の緒が切れたらしい。和臣がスマホに飛びかからんばかりの勢いで立ち上がるのを合図に、一時停止をタップした。

「これが、林田さんが〝信用に値する〟と思った人ですよ」

和臣は肩を怒らせ、スマホを睨みつけていた。

「思えば学生時代にも何度となく見ました。女子たちが一人を囲んで〝別れた方がいいよ〟って優しく諭す会。全員さも哀しげな、沈んだ表情をしていて、儀式みたいな雰囲気でね。ぶっちゃけ怖っ、としか思えませんでしたけど」

別れた方がいいのかなあ、と涙ぐむ子に対し、周りの女子たちは共感を寄せるかのごとく眉尻を下げ、そうだね、と心苦しそうに相槌を打っていた。

けれど大人になり社会に出た今なら、彼女たちの本心がわかる。思い悩む友人に寄り添い、いかにも「あなたのつらさ、わかってるよ」という表情をキメてはいても、彼女たちは「別れたくないならそうすればいい」とは言わない。断固として「別れた方がいい」という主張から離れようとしないのだ。

他人の不幸を楽しみたいという人間の性《さが》か。あるいは横並び意識も潜んでいただろう。周りに後れを取るのが怖い。恋人のいない子は、恋人のいる子を見て焦る。他人が幸せになるとそのぶん自分が不幸せになる、というわけでも本当はないのだが。

ことにこの田舎では――もしかしたら田舎だけじゃないかもしれないけれど――いまだに女性は結婚するもの、という考えが根強い。自分もいつかは結婚しなければと思うがゆえに、友人知人がお先にとばかり結婚していくのを、歯がゆい思いで見つめる。誰かの祝福をするばかりなんて嫌だ。そんな惨めで不安な思いをするくらいなら、誰より先に自分が結婚してみせる。と、躍起《やっき》になる女性だっているかもしれない。

嫉妬だとか、智恵がひそかに和臣のことを狙っていたというような話とは、ちょっと違う。彼女の感情の矛先は、あくまでも沙也香さん一人に向いている。自分と友人の立ち位置が、もっと言えば「幸せレベル」が一緒じゃないと、耐えられない。だから智恵は、結婚して一抜けした沙也香さんを、その安全地帯から引きずり下ろそうとしたんじゃないだろうか。

心配なの、幸せになってほしいの、ともっともらしい善意を装って。

「前に言ってたコンカフェのことだって、やっぱりわざとだと思います。沙也香さんが男相手の商売に携わっていたと知った林田さんが、ショックを受けて、離婚を考えればしめたもの。そう考えたんでしょう。

それがうまくいかなかったから、今度は林田さんとの個人的なＬＩＮＥに応じて、夫婦仲を壊す切り札にしようとした。おおかた林田さんとのやり取りの実績を作りながら、いつ沙也香さんにそれらしく打ち明けるのが効果的か、タイミングを見計らっていたんでしょうね」

「…………」

「智恵さんとサシで話してみて、いい人だと思った。そう林田さんが報告してきたとき、僕は疑いましたよね？」

和臣は甘すぎる。

さらに言うなら、チョロすぎるのだ。

「実のところ、彼女が心から林田さん夫婦の結婚を祝福しているのかどうか、式の時点から疑問に感じていたんです。言ったでしょう、カメラのファインダー越しに、人の本心が見えてしまうって」

牧師の面前で愛を誓い、微笑みあう林田夫妻。それをゲスト席から見守っていた智恵は涙さえ流していたけれど、ほんの一瞬、鬼のような形相で沙也香さんを睨みつけているのを目撃してしまった。

すんでのところでシャッターを切らずにとどまったが、智恵の表情に気づいていなければそのまま写真に収めていただろう。カメラマンが写真を選定するのは、こういうアクシデント的に撮れてしまった人間の暗い情念を、除外するためでもある。

「……何なんだよ」

と、和臣は愕然《がくぜん》とした様子でイスにもたれかかった。

「最低じゃねーか、この女。親友だとか言って祝福しときながら、裏ではあの手この手で俺と沙也香を別れさせようとしてたのか。だから沙也香は悩んで自殺しようとしたんだな。ふざけやがって、こいつも藍里と同類だ。いい人だと思ってたのに、まさかこんなわるい奴だったなんて、俺も沙也香も騙され——」

「あの」

これは、言う必要のないことだと思って黙っていた。これこそ言ったところで何の利益もないと、今後も口にすることはないだろうと、思っていた。

けれど恨みがましく吐き出されるぼやきに、とうとう物申さずにはいられなくなった。

「前から思ってたんですけど、その〝いい・わるい〟って基準、何なんですか?」

和臣の苛立《いらだ》った視線がこちらを捉える。

「林田さん、いつも言ってますよね。あの人はいい人、あいつはわるい奴、って。しかもその評価が頻繁に変わる。昨日はいい人って言ってた人が、今日はあっさりわるい奴になる」

「だから?」

善意の人。

悪意の人。

人間というものは、その二種類に分けられる——わけねーだろ。

「いい人、わるい人なんて、そんな二者択一で人を見極められるはずがない。人間がそんな単純な生き物だって、まさか本気で思ってるんですか？　だとしたら、単純なのはあなただけだ」

「何だと」

ああ、もう、ここで終わりにしなくちゃいけない。これ以上は駄目だ。そうわかっているのに、どうしてこんなにも、理性が抑えられないんだろう。冷静になろうと思えば思うほど、口調が皮肉を帯びていく。全身が熱くなって、心臓の鼓動が速まっているのを感じる。

すべてを吐き出してしまいたい。意味がわからないとばかりに片眉を上げているこの男に、すべてをぶつけてしまいたい。

「誰かをいい人だと信じるのは素晴らしいこと。誰かをわるい奴だと警戒するのも大事なことでしょう。そこを否定するつもりはありません。でも、じゃあ、なぜ相手の印象がそんなにも変わってしまうんです？」

「それは相手の責任だろ！　別に俺が変えてるわけじゃ――」

「本当にそうでしょうか？　いい人、わるい人と区別しているのは他でもない林田さん自身なのに？　あなたはしょせん、人の上っ面しか見ていないんだ。ほんの一部分しか見ていないのに、それが全部だと安易に思いこむ。だから何か出来事があるたびにコロコロ意見が変わるんじゃありませんか？」

中身が空っぽな人間ほど他人に左右されたり、感情に流されたりしてしまう。けれどもこの男には、それを恥じる素振りすらない。

善意を匂わされたらほいほいと「いい人」認定して、不都合が見つかれば即座に「わるい奴」と手の平を返す。挙げ句、信じてたのに騙された、と憤る。

馬鹿なのか？

「勝手に踊らされたり怒ったり、ＳＮＳの民かっつーの。見聞きしたことを感情のまま判断するんじゃなくて、ちょっとは自分で想像力を働かせてみたらどうです？　善悪なんて簡単な二択でわかった気になってないで、もっと深くまで相手の本質を見つめようとは思わないんですか？　目に見えている事実だって、本当は自分の都合のいい風に解釈しているだけで、真実とはかけ離れているかもしれない。相手が口にする言葉だって、本心とは違うかもしれない。この人はどうしてこんなことをするんだろう、どうしてこんなことを言うんだろうと、立ち止まって考えてみないんですか？

林田さんは純粋な人ですけどね、純粋と単純は紙一重ですよ。単純なままで許されるのは子どもだけ。物事の浅い部分だけ見ていても許されるのは子どもだけです。だいたい、いい人だと思ってたのに騙された、なんてことを三十にもなって言うなんて恥ずかしくないんですか。そんなんだから、奥さんが自殺しようとする兆候にも気づけないんですよ」

言い終えてもなお、高ぶった気持ちは容易には収まってくれなかった。

やがて、和臣がすっと席を立った。彼はそのまま荷物を取り、スタジオのドアを開け、ものも言わずに去っていった。

「はあ……」

一人になって、ようやく、目が覚めた。冷静さが戻ってくるのと同時に、後悔が胸に立ちこめる。苦い後悔だ。

ついに言ってやった。けど、これも和臣のためなんだ。彼の浅はかさを、いつかは誰かが気づかせてやるべきだったんだから——そんな薄っぺらい善意が、まさか、自分の中にもあっただなんて。

そのとき、幸子がテーブルの上に乗ってきた。こちらの目の、さらに奥にあるものを見つめるようにして、黒猫はゆっくりと瞬きをする。

「ごめん、幸子。嫌なところを見せちゃったな」

幸子は黙って自分の胸に頭突きをしてきた。そのあたたかな毛並みをなでながらも、心を覆う苦みと自己嫌悪は消えてくれなかった。

和臣のためなんかじゃない。自分はただ、心の内を思うさま吐き出しただけ。ただ言ってやりたかっただけだ。それなのに、単なる自己満足を、自分の中で善意とすり替えていた。一瞬でもいいことをした気になっていた。……エゴまみれの善意と、わかりやすい悪意なら、いったいどちらがマシだろう。

こんな自分を自分だと認めるのは、嫌だ。吐き気がする。だけど、あの高揚感は、言い訳のしようもない。

こんな自分は、「わるい奴」なんだろうか。

第三章 〈いい人〉たちの善意

桜庭には、もう頼らない。あいつ、こっちが黙っていれば好き放題に言いやがって。善悪の基準がどうたら、想像力がどうたらと高説を垂れていたけど、何様のつもりだ。そもそも俺は直感を大事にするタイプなんだ。それを他人にとやかく言われる筋合いはない。あれがZ世代ってもんなのか？　何が気に障ったんだか知らないが、あんな奴だとは思わなかった。

沙也香は俺の妻。自分の妻は、自分ひとりで守る——そうだ、桜庭なんかに頼らないで、最初からそうするべきだったんだ。沙也香を本当の意味で守ることができるのは、俺しかいないんだから。

「よっ和臣、お疲れ」

バーのカウンターでひとり悶々《もんもん》としていると、待っていた男が現れた。

「おー悪かったな、仕事終わりに」

「今日は早く上がったからいいんだ。さっき一杯ひっかけてきたし」

こちらに歩いてきた誠は俺の隣にどっかと座った。見ると、顔がほのかに赤らんでいる。これから大事な話をしたいのに、大丈夫だろうか。

「あれ、まこっちゃん。久しぶりじゃん」

バーのマスターが誠の姿を認めて声を弾ませた。

「ご無沙汰っす。なんだかんだで一ヵ月ぶりくらい？」

「もっとじゃない？　最後はたしか梅雨入り前だったし」

「ああ……あんときか」

「ほい、灰皿ね。いつものやつでいいよね？　で、そっちのお兄さんは、お友だち？」

誠用にウイスキーのロックを作りながら、マスターが接客スマイルを寄越す。一方で誠は俺の肩に触れながら、

「そうなんすよ、大学時代からの付き合いでね」

と、マスターに俺を紹介した。

この店を指定したのは誠だったが、心安い態度といい、あだ名で呼ばれていることといい、どうやらここの常連らしい。

「こいつ、市役所で働いてるんすよ。マスターの娘さんも市役所勤めでしたよね？」

「うん。お兄さんは、どこの課？」

「戸籍課です」

普通に答えただけなのに、マスターはなぜだか俺と誠をしげしげと見比べた。

「じゃあ、もしかして――」

ところが何事か思い直したように笑みを浮かべ、「ま、ゆっくりしてってって」と言い残して他の客のところへ移動していった。

「そんで？　おまえが相談なんて珍しいじゃん。やっぱり沙也香ちゃんのこと？」

式では大変だったもんなあ、と言ってグラスを傾ける横顔を、俺は静かに見つめた。

誠も去年の冬に結婚したけれど、式は挙げていない。奥さんが妊娠していたからだ。

――授かり婚ってやつだよ。

と軽い調子で報告するのを聞いて、まったく誠らしいと思ったものだ。

気さくで親しみやすい人柄の誠は、学生時代からよくモテた。女の子を泣かせたエピソードもちらほら聞いた記憶がある。そんな誠が早くも三十路《みそじ》で落ち着くことになったのはちょっと意外だったが、

――こいつみたいなチャラ男は、さっさと家庭に収まっちまうのが世のためだな。

直人やあきらと一緒になって、そう茶化してやったのが思い出された。気の置けない友人同士だからこそできる、愛のあるいじりだ。

女癖の悪さには呆れることも度々だったけれど、だからといって誠の印象が変わることはない。何しろ、こいつが信頼できるいい奴だというのは、大学のときから知っている。

「おまえ、酔ってないよな？　大事な話なんだけど」

「大丈夫だって、まだ全然シラフだから」

ならばと俺は、今まで伏せてきた事の次第——結婚式で沙也香が倒れたのが、何者かの悪意によるものだという可能性を話して聞かせた。

当然というべきか、誠は眉間にしわを寄せていた。

「おいおい、ガチなの？　それ」

そう声を裏返したのも束の間、慌てて周囲をきょろきょろと見まわす。他の誰かに聞かれたくない内容だということを言わずとも察してくれたらしい。こういう気配りもできる男なのだ、誠は。

彼に相談しようと思ったのには他にも理由がある。

「毒だなんて只事《ただごと》じゃねえな……誰かが盛ったって確証はあるのか？」

「沙也香のシャンパンだけ濃い青色に変わってるのが、写真にもばっちり写ってるんだ。おまえ、何か心当たりないか？　胃潰瘍を引き起こす毒とか、色が変わる薬とか」

——ゲストの中に医者とか、薬に詳しい人とか、誰かいましたか？

犯人捜しの初め、病院の駐車場で桜庭からああ訊かれたとき、実を言うと俺の頭には誠の顔が浮かんでいた。誠は製薬会社で営業をしていて、まさしく桜庭が言うところの「薬に詳しい人」だ。

だけど俺の友だちが犯人だなんてことはありえない。誠にしても、直人やあきらにしても、俺の家族にしても、俺が心から信頼している人たちの誰かが犯人だなんてことは、万に一つもあるわけがない。だから桜庭には言わずにいた。

とはいえ、沙也香のグラスに盛られた毒が何だったかなんてことは一介の公務員には調べようもない。餅は餅屋。そう考えて誠を頼ったのだが、やはり正解だったようだ。

「胃潰瘍を引き起こす、ねえ。薬は特定の部位に効果があるっていうより、体全体に作用するものなんだ。胃ひとつに害をもたらす代物ってのはちょっと考えにくい。飲み方とか期間によっては胃潰瘍のリスクをはらむ薬もなくはないが、そこまで即効性があるとも思えないし、しかもあのときは食事中で胃もそれなりに落ち着いてただろうしな。

ただ、溶かすと水の色が変わる薬ならある。睡眠薬だ」

「睡眠薬……」

そういえば桜庭も、そんなようなことを言っていなかったか。

あのときは沙也香の自殺未遂騒動があったせいでろくに話も聞けない状態だったが、またしても、あいつの予想が当たっていたということか。

「でも、そんなの聞いたことないぞ。睡眠薬で水の色が変わるなんて」

「男なら知らなくても無理ないな。知っておいた方がいいのは女だから」

「どういうことだ？」

「溶かすと水が青くなる錠剤が開発されたのはここ数年の話なんだ。和臣も聞いたことくらいはあるだろ？　女の酒に睡眠薬を盛って、意識が朦朧としてるところを襲う輩がいるって話。そういう性犯罪を防止するために、新しい睡眠薬が作られたんだ。色が変わればひと目で薬が盛られたことに気づけるからな」

それが、沙也香に盛られた「毒」の正体か。睡眠薬なら医者に不眠を訴えるだけでわりあい簡単に処方してもらえる。誰でも手に入れやすい薬と言えるだろう。そう、たとえば、沙也香の母親でも。

残る容疑者はただ一人——若松香。

余興として沙也香にバイオリンを演奏させたのもそうだが、ウエディングドレスを選んだのも、その実は義母だった。俺としては沙也香が好きなものを、と思っていたのに、あの人が茶々を入れてきたせいで沙也香はそれに従うしかなかった。

おまけに義母は、式のプログラムから供される料理、飲み物まで、すべてを把握していた。娘の結婚式なんだから母親がチェックするのは当たり前でしょうと、沙也香に圧をかけていたことを俺は知っている。だから当然、青いシャンパンが供されることも、あの人は事前に把握していたわけだ。

誠が言うには、今、世に出まわっている睡眠薬すべてが液体を青くするわけではないらしい。色の変化がない錠剤だってあるのだが、そこを勘違いしている人が多いのだという。

「ニュースか何かで青くなる睡眠薬の存在を知るとするだろ？　それで自分に処方された錠剤も実際に青くなるのを見たら、今の睡眠薬は全部こうなんだって思いこんじゃうみたいでな」

もしかして義母も、同じだったんじゃないだろうか。だからシャンパンに溶かすことを思いついた。多少色の濃さの違いは生じるかもしれないけれど、元々青いシャンパンなのだから、睡眠薬を盛ったところで違和感は抑えられるはず。おそらくはそう企んだのだろう。

一方で、グラスに盛られたのが毒の類でなく睡眠薬だとすれば、義母には沙也香に深刻な危害を加える意図がなかったとも考えられる。単に沙也香の意識を朦朧とさせることで、結婚式をぶち壊したかった。それだけなのかもしれない。

しかし、なぜ？　何を思って母親が、実の娘を？

「それにしても残念だよなぁ。途中まですっげーいい式だったのにさ」

不意に誠がつぶやいた。あまり呂律《ろれつ》がまわっていない口ぶりだ。

やはり酔っぱらってしまったらしい。強くもないのにきつめの酒を頼みたがるのは、こいつの悪い癖だ。

「ったく、どこがシラフなんだよ。水もらうか？」

すると誠はタバコの煙を吐き出しながら、まるで独り言のように、

「主役の花嫁だってのに救急車で運ばれて、まーたメンタル病んじゃうなんてさ。人間、変わらないもんだな」

「……え？」

「つくづく幸薄《さちうす》な女だよ。せっかくおまえとだったら、沙也香も幸せになれるだろうと思ったのになぁー」

何だ、その言い方。

「沙也香、って、何で呼び捨て？」

誠の目がみるみる正気を取り戻していく。酒に酔ってとろんとした表情が、ごまかすような笑顔に取って代わった。頬が、かすかに引きつっている。

「え？　俺、呼び捨てにしてた？」

「してたよ」

「マジか。いやー悪い悪い、今日は酒まわるの早いみたいだな」

ちょっと待て。それじゃ納得がいかない。

「変わらないって何だ？　またメンタル病んじゃうなんて、ってどういう意味だよ。沙也香のことをよく知ってるような口ぶりだな」

「そりゃあれだよ、本人から色々聞いたことあったし」

「おまえ、俺に沙也香を紹介したとき、沙也香のことは友だちの友だちだって言ってたよな。それなのに幸薄な女とか、普通言うか？」

「いやぁごめんって、旦那に向かって言うべきじゃないよな。マジ気を悪くしたんなら――」

「そういうことじゃない。誠、俺に何か隠してることがあるだろ。おまえは嘘をつくときいつもそうやってへらへらするんだ。沙也香とは本当にただの知り合いだったのか？　……まさか、もっと深い関係だったんじゃないのか？　おい、ちゃんと俺の目を見て答えろよ」

誠は弱ったと言わんばかりにカウンターに片肘をつき、しきりに髪をくしゃくしゃと触っていた。が、そのうち開き直ったらしい。

「あーもう、だりいなぁ」

ウイスキーのロックを一気に飲み干すや、コンッ、と音を立ててグラスを置いた。

「沙也香と、付き合ってた」

「……いつ？」

努めて冷静になろうとしたが、そのぶん声が上ずった。

「おまえに沙也香を紹介するちょっと前まで」

「その頃って、確か、奥さんと付き合ってただろ」

「そうだよ」

二股ってやつだな、と誠が付け加える。

「何でそんな顔するんだよ？　こんなの、どこにでもある話だろ？」

思わず黙りこんでしまった。

酒の力というのもあるんだろうが、それにしたって誠からは、悪びれる気配が少しも感じられない。……冗談だろう。誠はこんな奴じゃない。はず、なのに。

「沙也香が友だちの友だちだっていう話、あれは嘘だ。本当はマッチングアプリで出会ったんだよ。ヤリ目《もく》で有名な、あのアプリな。そんなので出会ったなんて言ったら和臣、沙也香に引いてただろ？　だから隠してたんだ。二人にはちゃんとくっついていてほしかったから」

「自分の元カノを、俺に紹介したのか」

「ああ。お互い穴兄弟になったからって、気にするもんでもねーだろ？」

誠の物言いはますます明け透けになっていった。強いウイスキーを一気飲みしたせいだろう、完全に目が据わっている。

「あの頃、今の嫁が本命で、沙也香はセフレに毛が生えた程度にしか思ってなかったんだ。付き合いって言ってもあいつとは半年くらいかな。ま、軽い関係だよ。そんな感じで嫁と沙也香、二人をうまいことまわしてたわけだけど、あるとき嫁の妊娠がわかってさ……授かり婚なんて報告したけどよ、簡単に言うとデキちゃった、ってやつだ。そうなったら男として責任取るのが筋だし、沙也香とは別れるしかねえだろ?

なのに別れようって言ったらさ、沙也香の奴、そこから一気にメンヘラ化しちゃって。鬼電は当たり前、ＬＩＮＥをブロックしたら今度は手紙を送ってきたり家や職場の周りをうろついたり、変に執着されちゃってなぁ。精神的に弱い女だっていうのは知ってたけど、さすがにあれは参るよ。嫁にもバレそうになったし」

「二股してたおまえが悪いんじゃないか」

「でも、沙也香だって大概なんだぞ?　あいつもあいつで男をとっかえひっかえしてたんだから。ほら、沙也香の母親って、ちょっとアレだろ?　その反動なのか、大人になってからいわゆる無双状態になってたみたいでさ。俺以外にもセフレを作りまくってたの知ってるんだ。そりゃあ毒親に関しちゃ気の毒だとは思うけど、あいつの素行を考えたら、フラれたって文句は言えないはずだよな?　なのに別れたくないとか言ってつきまとうようになって……俺は嫁と結婚するのが決まってたし、子どもも生まれるわけだから、もう、困り果ててたわけよ」

と、誠は大げさにため息をこぼして、タバコの火をもみ消した。

片や俺は唖然《あぜん》とするしかなかった。

沙也香の男遍歴については、まだ呑みこみきれてはいなかったものの、事実なんだろうと覚悟はしていた。彼女の精神構造を思えばメンヘラ女と化していた過去にもうなずける。もちろんショックはショックだが——けれども、何より衝撃だったのは、その数いる男のうちに、親友とすら思っていた誠がいたことだ。

じゃあ、何か。こいつは俺に沙也香を紹介してくっつけることで、邪魔だった元カノを、しかも二番手の女を、厄介払いしたってことか。つまり、

「自分がいらなくなった女を、俺にあてがったのかよ」

怒りを抑える余裕なんてなかった。

こんな屈辱があるだろうか？　紹介なんて体のいいもんじゃない。要は女の扱いに困っていたところへ目をつけられたのが俺だった。身勝手な都合で飼えなくなったペットの里親を探すように。もう自分は着ないからと、中古の服を譲るように。

俺はこいつの身辺整理に、利用されたんだ。

「あ？　そんな言い方しなくてもいいだろ。どうせおまえはフリーだったんだし」

誠も負けじと俺を睨み返してきた。

「どうせって何だよ、どうせって。おまえ、あれだろ。たまたまフリーの男とフリーの女がいたから、この二人がくっつけばちょうどいいやとか思ったんだろ。俺たちの相性なんて考えもしないで……そういうの、無責任って言うんだぞ」

「俺のおかげで嫁さんを見つけられたくせに、よくそこまでイチャモンつけられるな？　無責任なんて筋違いもいいとこだ。そもそも俺がおまえら二人を引きあわせたのは、沙也香のためでもあったんだから」

「沙也香のためだと？」

もう聞き飽きたフレーズだ。

本心から沙也香のためを思っているのは、この俺しかいないのに。

「だって俺だけ結婚して幸せになるなんて、沙也香があんまりにも可哀相だろ？　二股の末に結局フったけど、それでも俺は、沙也香のことがちゃんと好きだったんだ。それ相応に大事にしてた。だから別れるときは責任感じたし、すっげー胸が痛んでさ」

「適当なこと言うな！」

「本当だっつーの。だからおまえに紹介したんだ。おまえがいい奴だってことは知ってるし、沙也香もおまえとなら落ち着けるだろうと思って。そりゃ相性の良し悪しについては一《いち》か八《ばち》かだったけど、結果はどうだ？　おまえらは無事にゴールインしたじゃないか。まあとにかく、終わり良ければすべて良しだ。なっ、今さら過去のことでぐちぐち言うなって」

何なんだ、こいつの、この言い草は――。

「綺麗にまとめてんじゃねーよ！　俺が沙也香と付き合うことになったって報告したとき、おまえはさぞかし安心したんだろうな？　結婚式のときだって調子よくヤジなんか飛ばしやがって、どういう神経してるんだ？　新婦の元カレだってことを伏せてゲスト席に座るのは気分がよかったか？　そうやって俺のことを陰で笑ってたのか？」

「はあ？　何マジギレしちゃってんの？　意味わかんねえし、だいたいどの口が言ってんだよ？　おまえだってあきらを式に呼んだりして、似たようなもんだろうが！」

「それとこれとは――」

「ちょっと、二人とも！」

マスターが駆け寄ってくる間も、俺たちは互いに睨みあっていた。

「困るよ、店の中で喧嘩《けんか》なんて。まこっちゃん、今日はペース早かったんじゃないか？　今お冷や持ってくるからクールダウンして、な」

わざとらしく鼻を鳴らしたかと思うと、誠は立ち上がった。トイレのドアがバン、と閉められる音。ガキが。都合が悪くなると物に当たるところもあいつの悪い癖だ。この歳になってもまだ直っていないとはな。

ああくそっ、言い争いばかりで嫌になる。桜庭にしても、誠にしても。

「まこっちゃん、このところ奥さんに構ってもらえないみたいでねぇ。ストレス溜まってるのかもね、あれは」

と、マスターが二人ぶんのお冷やを置きながら言った。

「お兄さんも知ってるでしょ？　まこっちゃんとこ、赤ちゃんが生まれてさ」

確かに聞いている。まだ生まれて半年くらいだったか。

「奥さんは赤ちゃんにつきっきりになっちゃうし、子どもが生まれると女性は気が立っちゃうものだからね。家の中がギスギスしてるって、前にぼやいてたよ」

ふうん。友人間ではそんなこと、ひと言も言っていなかったくせに。それだけ誠にとってはプライドに関わる悩みってことか。それをこんな形でバラされるとはあいつも思っていなかっただろう。

マスターの口の軽さに感謝しつつ、少しだけ溜飲《りゅういん》が下がった。が、

「しかしお兄さんも大変だったねぇ。まこっちゃんから聞いたよ」

自ずと顔がこわばった。

悪い予感しかしない。誠の野郎、まさか。

「聞いたって、何を、ですか」

「市役所に勤めてるって聞いてすぐわかったよ。お兄さんだろ？　結婚式で奥さんが血を吐いて倒れちゃったのって」

……最悪だ。

「誠が、それを話したんですか」

「そうだよ。ものすごく疲れた顔で店に入ってきたから、どうしたのかって訊いたら、結婚式帰りだって言うじゃないか。そこでそんな騒ぎがあったなんて、せっかくのお祝いなのに気の毒なことがあるものだなと思ったよ」

「……さっき、娘さんも市役所勤めだって言ってましたよね。どこの課ですか」

「え？　えーと、何てとこだっけな。選挙関連の部署だって話だけど——あ、そうそう思い出

した。地域協働課だよ」

そういうことか。よくわかった。

「帰ります」

「えっ、でも」

「お代は置いていくんで」

誠のぶんまで払うのは癪《しゃく》だったが、ケチな男だと思われるのはもっと癪だ。店のドアを閉める瞬間、トイレから誠が出てくる物音がした。それを背中に聞いても、振り返ろうとは思わなかった。

外に出ると、またも雨が降っていた。むわりと熱を帯びた霧雨《きりさめ》が肌にまとわりついてくる。繁華街の入り口でタクシーをつかまえ、座席にもたれかかった途端、胸の底から嘆息が洩れた。

直人が耳にしたという、結婚式の噂話——あの出所は、誠だったのだ。あいつがどうマスターに事のあらましを語っていたかは、確かめなくともわかる。

——いやぁマジで超絶ヤバかったんすよ。急に新婦が血ィ吐いて倒れて、救急車まで呼ぶことになって。結婚式っすよ？　ありえないっしょ？　マジでトラウマっすわー、俺。

概ねこんなところだろう。そうやって軽々しくマスターに話したせいで、マスターの娘へと伝わり、ついには市役所にまで噂があっという間に広まってしまったのだ。

普通、考えたらわかるだろうに。酒の席でも話していいことといけないことがあるって、三十路にもなれば分別がつくだろうに。ましてマスターの娘が俺と同じ市役所に勤めていることを、誠は承知していた。百歩譲って、誰かにスキャンダラスな出来事を話したくてうずうずしていたのを良しとしても、人を選ぶって発想があいつにはなかったんだろうか？　とんだクズ野郎だ。

ああもう、こんなことばっかりうんざりだ。結婚式で沙也香が倒れてからというもの、信じていた奴らの本性を見せつけられては、憤って、疲弊して。

誠のことを親友だと思っていた。なのに、あいつ、いつからあんな性格になってしまったんだ？　昔はああじゃなかったはずなのに。沙也香を紹介してくれたのだって、独り身でいる俺を気にかけてくれたからだと信じきっていた。だから容疑者の数にも入れないでいたのに。あいつのことを、いい奴だと思って——。

「あ……！」

ガツン、と頭を殴られたような感覚だった。

——前から思ってたんですけど、その〝いい・わるい〟って基準、何なんですか？

ひょっとして、これがそうなのか。

——勝手に踊らされたり怒ったり、ＳＮＳの民かっつーの。

——林田さんは純粋な人ですけどね、純粋と単純は紙一重ですよ。

誠はいい奴、信頼できる男。そう思っていたのが間違いで、本当は、元からああいう性根の持ち主だったのかもしれない。俺がそれに、気づいていなかっただけかもしれない。

桜庭が言っていたのは、こういうことじゃないのか？

「すいません、行き先を変えたいんですが」

自宅マンションまではあと数分の距離だった。でも、行かなきゃいけない。今行かないと意味がない。言葉の意味を、腹の底から理解した今じゃないと。そんな気がした。

目的地に着いて代金を払っていた矢先、

「蒼玉《さふぁいあ》！　何で連絡したのに無視するのっ？」

金切り声が耳をつんざいた。見れば中年の女が、スタジオのドアを荒々しく叩いている。

あのストーカー女だ。

『運転手さん、まだここにいてください」

そう言い置いて俺はタクシーを降り、駆けだした。

「開けなさい、中にいるってわかってるのよ！　あんたまさか、恩を仇《あだ》で返すつもり⁉　あたしがどんだけあんたに――」

「やめてください！」

肩をつかんだ途端、女はバッと振り向いた。むせ返るような香水のにおいに、酒のにおいもまじっている。俺はいきおい顔をしかめた。

「……誰、あなた」

「桜庭くんの友人です」

「ふうん。蒼玉ったら、いつの間にこんなお友だちができたのやら」

言いながら女は俺のスーツ姿を無遠慮に眺めまわした。

「あなたからも言ってくれない？　ここを開けてって」

「できません。このままここにいても、彼が出てくることはないでしょう。もうお帰りになった方がいいですよ」

「何よそれ、失礼な言い方ね」

「前々からしつこく桜庭くんにつきまとっているようですが、人の迷惑というものを考えたらどうなんです？　しかもこんな時間に大声を出すなんて、非常識ですよ」

するとと女の目が鈍く光り、口元がゆがんだ。

「迷惑ですって？　蒼玉とどういう仲だか知らないけど、あんたには関係ないでしょ！」

叫び声がキーンと鼓膜に響く。どうやら俺を敵と認識したらしい。

が、ここで退くわけにはいかない。

「とにかくもう、つきまとうのはやめてください。彼が困っているってわからないんですか？」

「つきまとってなんかないわよ、あたしはただ」

「お帰りください。ちょうどそこにタクシーが待っているんで、さあ早く」

キーキーわめき続ける女の腕を引き、有無を言わさずタクシーへと押しこむ。運転手に追加の代金を多めに払ったところで、ドアが閉められた。

女は窓越しに「警察に言ってやる」などと子どもじみた捨て台詞を吐いていたが、エンジン音とともにそれもかき消され、ようやく夜の静寂がおりてきた。

雨に打たれるがまま、夜空を仰ぐ。

はあ、何て清々《すがすが》しいんだ――。

この感情は、他に何て表現したらいいだろう？　じめじめした雨も、誠とのことなんかもどうだってよくなるくらい、いい気分だ。

「林田さん。どうして」

いつの間にか、玄関先に桜庭が立っていた。無表情な面持ちがやつれて見える。きっと今までスタジオの中で息を殺し、ストーカー女があきらめて帰るのをひたすら祈っていたのだろう。もっとも祈るしかない状況で助けが現れようとは、さすがの彼も想定外だったに違いない。

「もう大丈夫だぞ。あの女、しばらく来ないんじゃないかな」

「あ……そうだ、タクシーのお代、払います」

急いでスタジオ内へ取って返そうとする桜庭を、俺は制した。

「いいっていいって、あれくらい。ストーカーの撃退なんてそうそうできる経験じゃないし、俺が好きでやったんだから」

桜庭はしばし呆気に取られたようで、薄く口を開けて俺を見つめていた。やがて表情がやわらかくなったかと思うと、

「……ありがとうございます」

そう言って、桜庭は笑った。

皮肉屋の彼がいつも見せるような、含んだ笑みとはまるで違う。目尻が下がって、はにかん

だ唇からは八重歯がのぞいて——それは俺が初めて見る、桜庭の、心からの笑顔だった。

本当はこんな顔で笑うんだな、と心の中でつぶやいたとき、このスタジオで言い争った嫌な記憶が、彼に対して抱いていた苛立ちが、するするとほどけていく感覚があった。きっと相手も同じだったのだろう。

「この前のこと、林田さんに謝りたいと思ってたんです。あのときは感情に任せて言いすぎてしまいました。すいません」

首を垂れる桜庭に、俺も目を伏せた。

「いや、こっちこそ大人げなかった。色々あってさ、桜庭くんの言ってたことが、本当の意味でわかったんだ」

「僕の言ったこと?」

不思議そうな視線を向けられたが、誠とのいきさつは、話さなくてもいいだろう。

「それでさ……もしよかったらだけど、犯人捜し、また協力してくれないか」

断られるかもと思ったが、桜庭は「はい」と即答した。

「僕もそのことが気がかりだったんです。容疑者も最後の一人にまで絞れたことですし、せっかくここまで来たんだから、この事件の行く末を、最後まで見届けたい。まさかこんな風に思うようになるだなんて、自分でもびっくりですけど」

言うと、いきなり手を差し出してきた。彼の性格ならむしろこういう行為を嫌がるだろうに、意外にも——いや、意外だと思うのは、俺が彼のことを誤解していたからか。

桜庭の言うとおりだ。人ひとりの心の内には「善意」と「悪意」、相反する二つが入りまじっている。色んな面を秘めているのが人間というもの。白か黒かだけでは判別できない、もしかしたら、本人すら気づいていない色だって、あるかもしれないのだから。

「ありがとな。こう言ったら怒られるかもだけど、やっぱり桜庭くんはいい奴だよ」

「またそれですか。まあ、そう思ってもらえるのは嬉しいですけどね」

俺たちは固く握手を交わした。

ふたたび力を合わせるために。この事件の行く末を、二人で見届けるために。

もう七月も半ばだというのに、今年はなかなか梅雨が明けない。事件が解決の目を見る頃には、このどんよりとした空も明るく晴れ渡っているだろうか。

そのときは、沙也香を連れて出かけよう。〈サンセリテ〉の丘の上から景色を眺めれば、きっと、彼女の心も晴れるだろう。

「あら、沙也香は？　一緒じゃないの？」

桜庭と連れ立って沙也香の実家へ向かったところ、そこにいたのは義母ひとりきりだった。義父はというと、ゴルフの打ちっぱなしに行ったそうだ。ちょうどいい。自分が疑われているなんて知る由《よし》もない義母は、はじめ、桜庭が俺の隣にいることを不審がっていた。

あらかじめ彼女には電話で、

——二度目の式でスライドショーをするつもりなので、沙也香の卒業アルバムを借りに行きたいんですが。

と伝えてあった。ついてはそのスライドショーを、式場関係者である桜庭に作ってもらうことになったのだと説明すると——もちろんありもしない嘘なのだが——相手は納得したらしく、愛想のいい笑みを浮かべて俺たちを家の中へ招き入れてくれた。

いつ足を踏み入れても、この家の「におい」には慣れることがない。

他人の家特有のにおい。若松家のそれは、アロマが焚《た》かれたかぐわしいものであるのに、どことなくよそ者を寄せつけない、結界めいたものを感じさせるのだった。

「さて、どうやって話を進めたもんかな。お義母さんが犯人だって確たる証拠もないわけだし、下手すりゃ俺の信用に関わりかねない」

沙也香の部屋だった二階の一室に通された俺たちは、二人でひそひそと言葉を交わした。

部屋はきちんと整理整頓されていた。クーラーをつけても埃《ほこり》っぽさを感じない。義母がまめに掃除しているのだろう。机に、ベッド、円形のラグ、しゃれたハンガーラック。枕元には沙也香が好きなキャラクターのぬいぐるみが飾られてある。ちょっと地味だが、普通の女の子の部屋、といったところか。

沙也香は専門学校を卒業すると同時に実家に戻ったらしいから、俺と同棲《どうせい》を始めるまで、ここで日々を過ごしていたことになる。この部屋に沙也香の思い出が詰まっていると思うと感慨深かった。勉強して、寝転びながら本や雑誌を読んで、友人と電話をしたり、時には悩み事をしたりして。

沙也香が昔語りをすることはほとんどと言っていいほどなかった。それは彼女がシャイだからか、それとも、語りたくない思い出が多いからなのか。

「ひとまずは雑談をしつつ、徐々に探りを入れていくのがいいかもしれませんね」

「睡眠薬を持ってないか訊ければベストなんだけどなあ」

「あまり強引に話を持っていっても怪しまれるでしょうし、気をつけないと。あ、念のため、沙也香さんの自殺未遂の件は言わない方がいいですよ」

ふと、重苦しい感覚が胸をかすめた。

「……そうだな。変にお義母さんを刺激すると厄介だ」

自殺未遂騒動があったその後のことは、桜庭にも話していない。

沙也香はあれからいっそうメンタルが揺らいでしまったらしく、何度もオーバードーズを試みては、そのたび俺が彼女をなだめすかすという有り様だった。とはいえ、片時もそばを離れずにいるわけにもいかない。

昨日の夜も大変だった。沙也香は俺が目を離した隙に医者から処方された向精神薬をワインで流しこみ、ふらふらとベランダへ向かった。幸いそこで気づいて止めることができたけれど、またしても自殺を図ろうとしたに違いない。薬と酒を一緒に飲んだせいで気持ちが高ぶり、涙が止まらなくなった沙也香は、泣きながらぶつぶつと支離滅裂なことを口にしていた。

一日でも早く、事件を解決しなければ。沙也香に悪意を抱く奴を排除できたなら、沙也香も俺の愛情をしかと感じて、穏やかさを取り戻せるはずだ。そう意気ごめば意気ごむほどに、

「何か、緊張してくるな。最後の容疑者と対峙するんだって思うと、余計に」

同じく桜庭も表情を引きしめていた。

「ええ。ここは絶対に失敗できませんから、焦らず、慎重にいきましょうね」

智恵と藍里が事件に無関係だとわかった以上、他に空白の五分間で犯行が可能だった人物は、義母しかいない。義母こそがあの薄気味悪い怪文書入りの封筒を寄越し、さらには沙也香のグラスに睡眠薬を入れた真犯人。状況からして、今やそうとしか考えられない。事件解決というトンネルの出口はもうすぐそこに見えているのだ。だが、一方で俺には、まだどうしても解《げ》せないことがあった。

動機だ。

思えば藍里も、あのクソッタレな誠も、若松香を同じように評していた。

――沙也香の母親はああいう人なんで、家庭内でも色々あったんでしょうね。

――沙也香の母親って、ちょっとアレだろ？

誠なんかはその後はっきり「毒親」という言葉を使っていた。

俺も二人と同意見だ。沙也香と付き合っていた頃から何となく、義母のことを変な親だとは感じていた。

俺と二人きりで会っているとき、沙也香は常に時間を気にしていた。そして午後十時が近づくと途端にそわそわしだすのがお決まりだった。どうやら社会人になってもなお門限を設定されていたらしい。恋人ができたということも親には秘密だったようだ。最初は恥ずかしくて隠

しているだけだと思っていたのだが、

――お母さんに言われてるから、もう帰らなくちゃ。

――えっ、家まで迎えに？　いいよ、そんなに気を遣わなくて。お母さんに見られたら大変だし……。

俺たちはまるで高校生みたいに、親の目を盗んでこそこそと会うしかなかった。沙也香だって、もういい大人なのに。

お母さんが言うから。お母さんに止められてるから。お母さんが、何て思うかわからないから。お母さん、お母さん、お母さん……。どうしてそこまで母親を気にするのかと不思議だったけれど、本人から話を聞くうちに理解した。

――はあっ。あんたってほんと、駄目な子ね。

――こんな簡単なこと、何でできないの？

バイオリンのスパルタ教育を受けていた幼い沙也香は、母親からいつもこうした言葉を浴びせられていたという。母親におびえ、何もかも母親の言うとおりに生きてきたからこそ、沙也香は気が弱く、自分の意思を持たない女になってしまったのだ。指示待ち人間。いや、母親の操り人形とも言えようか。

さらには結婚の了承を得るため若松家を初めて訪ねたとき、沙也香が「お母さん」のことばかり気にしてなぜ「お父さん」の話を出さなかったのかも、腑に落ちた。

沙也香の父、若松良雄《よしお》は言うなれば空気だ。彼は平日も週末も関係なくほとんど家にいない。それはきっと、彼にとって家が心安らぐ場所ではないからだろう。なぜならこの家の一番の権力者は、義父ではない。

「どう？　和臣さん、卒業アルバムは見つかった？」

と、ノックの音がして、義母が顔をのぞかせた。

「ええ、本棚にありました」

「ならよかった。二人とも、喉が渇いてるんじゃない？　下で麦茶でもお出ししましょうか」

ぜひ、と笑顔を作ってみせると、相手もにっこり笑みを返した。

桜庭とともに向かった一階のリビングは、地味な沙也香の部屋とはまるで雰囲気が違っていた。ピンク色のカーテンに、バラをモチーフにしたソファカバー。至るところに義母の趣味らしい多肉植物が飾られ、食器棚には高価そうなティーカップが並べられている。

沙也香から聞いた話によると、義母は裕福な地主のお嬢さまとして生まれ育ち、そして義母自身にも、バイオリニストの夢をあきらめた過去があるのだという。

「ありがとうねぇ、和臣さん。結婚式をもう一度やってくれるなんて願ってもないことだわ。あのお式は返す返すも残念な形で終わってしまったから、もう悔しくってね。一生に一度きりのことなのにって、心残りで仕方なかったのよ」

まるで自分の結婚式であったかのような物言いだ。麦茶のコップをダイニングテーブルに置きながら、義母はついと桜庭を見やった。

「あなた、病院にも来てくれた方よね？」

「はい。その節はどうも」

「念のため確認しておきたいんですけど、あのとき言ってたこと、あれから警察に話したりしてませんよね？」

薄い笑みをたたえながらも、義母の両目は、瞬きすることもなく桜庭を射抜いていた。

「……はい。もちろんです」

硬い表情で答えるのを見るや、義母はゆったりと目元をゆるめた。何事にも動じない性格の桜庭を一瞬で萎縮させてしまうほどに、彼女がまとう圧は強力だった。わかってはいたが、手ごわい人だ。

「本当にごめんなさいねぇ、口止めみたいな真似して。でも警察なんかに言ったらきっとゲストの皆さんだけじゃなく、あなたや式場のスタッフさん全員にも取り調べやら何やらが行われちゃうでしょう？　そうなったら申し訳ないですからね」

世間体を維持するためにも騒ぎを大きくしたくない。これが義母の本音だと思っていた。だが今になって考えれば、警察の介入を拒んだ理由は、もっと他にあるはずだ。

「それはそうと、沙也香の具合は近頃どうなの？　その後変わりないかしら？」

と、今度はこちらに水が向けられた。

まずは雑談から徐々に、だ。

「多少の波はありますけど、ご心配には及びませんよ。胃の調子も悪くないですし、心療内科の先生もいい傾向にあるとおっしゃってます」

「そう。まったくあの子、昔から他人様《ひとさま》に迷惑をかけてばかりなんだもの。困ったものよね」

「昔から、というと？」

「パティスリーを退職するときだって、わざわざ和臣さんに同席してもらったんでしょ？」

「まあ、あれは俺から提案したことだったんで」

「高校のときも智恵ちゃんや藍里ちゃんの助けを借りてばっかりで。スカートの長さで先輩に目をつけられたって話、聞いたことあるかしら？　それくらいですぐにめそめそしちゃうんだもの、嫌になるわ。我が娘ながら、どうしてあんな弱っちい性分に育ってしまったのやら」

それは先輩が悪いのであって、沙也香は被害者じゃないか。

「そんな調子で心配のかけどおしなのよ、あの子。何か起こるたびに助けてくれる人が現れるのがせめてもの救いだけど、何だってあんなにトラブルを引き寄せてしまうのか不思議でならないわ。気弱なせいでろくすっぽ人に意見もできなくて、中学の頃だって――」

が、そこで義母は言葉を切った。

「やだわ、いつの間にか愚痴っぽくなっちゃったわね。もう昔話はやめにしときましょう」

「……沙也香さんは、いい子ですよ。俺は彼女と出会えてよかったと心から思ってます。いまどき珍しいくらい控えめでおしとやかで、料理だってすごく上手ですし」

角が立たないよう、せめてもの反論をしたつもりだった。しかし義母はそれを笑い飛ばしたかと思うと、

「そんなそんな、あの子の料理なんて大したことないのよ」

と、片手を振った。

「料理の専門学校に通っていたとはいえ、学んだのはお菓子作りくらいだし。しかもそれで一流のパティシエールになるかと期待してみたら、何のことはない、単なる売り子さんでしょう？　そこだって些細なトラブルであっさり辞めちゃうし」

これは、謙遜なのだろうか？　身内のことを褒められて「いえいえ、そんな」と返す日本人特有のあれなのか？

「沙也香ったらつくづく志が低いというか、何をやっても長続きしないのよねぇ……。あ、そうだいけない、ご近所さんからもらったおかきがあるんだったわ。麦茶しかお出ししないでごめんなさいね？」

すぐに取ってくるからと言って、義母は席を離れていった。

……すこぶる気分が悪い。普通の母親らしく娘の様子を案じたかと思ったら、その実はどうだ。娘をサゲる発言ばっかりじゃないか。

義母の態度は、謙遜なんてものとは毛色が違っていた。まして相手が俺だけならまだしも、桜庭もいる前で。

かつてバイオリンの練習を沙也香が逃げ出したくなるくらい熱心にさせていたのも、門限を設定していたのも、異性との交際を警戒していたのも、やりすぎではあるけれど、すべて愛ゆえだと思っていた。が、今の物言いを聞いては首を傾げざるを得ない。

どうして義母は、あんなにも沙也香を否定したがるんだろう？

いつだったか、沙也香からこんな話を聞いた。

——二十歳になった頃、お母さんが自分は使ってないからってわたしにハンカチをくれたの。押入れを整理してたら出てきたみたいでね。それ、わたしが小学生のとき、お小遣いを貯めてお母さんにプレゼントしたハンカチだったんだ。お母さんは押入れに放りこんだまま、わたしがあげたものだってことも、忘れちゃってたみたいだけど……。

沙也香は笑いながら話していたけれど、その表情には哀しげな影が差していた。

まさに毒親。かつての夢を娘に投影して押しつけたり、過剰に行動をコントロールしたり。そうかと思えば娘の好意をそっくり無視したり。それって全部、自分の都合じゃないのか？

果たして義母は、本当に、沙也香を愛しているんだろうか。俺の妻を傷つけた犯人は、やっぱり——。

「林田さん、あれ」

不意に桜庭が声を潜めた。

彼の視線の先をたどると、そこにあったのは電話台だ。目を細めて見れば、固定電話のすぐ横に、薬袋が置かれている。

「こころのクリニック」と書かれた薬袋が。

思わず、唾《つば》を呑み下した。

「はいお待たせ。あとで沙也香のぶんも渡すから持って帰ってね」

「お義母さん」

ふたたび腰を下ろした義母は、俺を見るなり目をしばたたいた。

「どうしたの？　怖い顔しちゃって」

怪しまれないようにしなければ。そう思っても気ばかりが逸《はや》る。

「あの、もしかして、どこか具合が悪いんですか？」

「え？　ああ、あの薬ね。最近になってまた通いだしたのよ」

義母は首をまわして電話台を見やった。

「実は前から何度か心療内科に通っていたの。沙也香がまだここに住んでた頃、あの子の精神状態に引っ張られたのか、わたしまでウツっぽくなっちゃってねぇ」

――カズくんも、気をつけてね。

沙也香の言葉がまたしても脳裏をよぎる。

――わたしに付き合ってたら、カズくんまで落ちちゃうかもしれない。うちのお母さんがよく言ってたの。〝あなたを見てたらわたしまでウツになりそう〟って。

「沙也香もお嫁に行ったことだからもう大丈夫だろうと思ってたら、結婚式であんなことがあったでしょ。それでまた気分が落ちこみがちになっちゃってね。かかりつけのとこで診てもらったのよ」

「薬は？　何が処方されたんです？」

義母がわずかに眉をひそめる。自分でも気づかないうちに、詰問口調になっていた。

「軽めの向精神薬だけど」

「睡眠薬は？」

と、テーブルの下で桜庭が膝をぶつけてきた。冷静になれという合図だ。そんなことはわかっている。でも俺は、すぐにでも確かめたかった。

核心まであともう少し。心臓の鼓動が俺を急《せ》かすようだ。一刻も早く白か黒かを判断して、この毒親を責め立ててしまいたい。

「そうね。先生に眠りが浅くなってるって伝えたら、睡眠薬も処方してくれたわ」

「何ていう睡眠薬ですか」

「そこまでは覚えてないわよ。というか、何？　どうしてそんなに根掘り葉掘り訊くの？」

「確認させてもらいますね」

「え、ちょっと！」

「林田さん――」

義母の声。桜庭が慌てて止める声。それらを無視して電話台に飛びつき、薬袋を開けて、中身を取り出す。

青くなる睡眠薬には何種類かある。ネットで調べて、薬品名をすべて頭に叩きこんできた。そのどれかがこの中にあるはずだ。

そう、思ったのに。

「ない……」

何でだ。薬袋を引っくり返してみる。が、中にはもう何も入っていなかった。

そんなはずはない。この人が犯人で間違いないのに。周りに対してはあたかも謙遜っぽく娘をサゲて否定してみせて、さらには精神を病みがちな我が子に最低最悪の嫌味まで吐き捨てているこの人が、犯人でないわけがないのに――。

「和臣さん。どういうことなのか、説明してくれるわよね」

冷え冷えとした声が背中に覆いかぶさってくる。

振り返った俺を、義母は、すさまじい目で睨んでいた。

「何が〝ない〟の。あなたはその薬袋に何が〝ある〟と思っていたの」

「お義母さん、これは」

「おかしいと思ってたのよ。スライドショーを作るためとはいえ、この人まで一緒に卒業アルバムを探しにここまで来るなんて」

言って、義母は桜庭を一瞥した。

「さてはあなたたち、まだ沙也香が倒れたのは毒を盛られたせいだって思ってるのね。それで男二人で仲良く結託して、子どもじみた探偵ごっこなんかしてる。そうでしょう？　しかも、よりにもよって、母親であるわたしを疑うなんて」

「お義母さん、まずは話を――」

「黙りなさい！」

義母のヒステリーが爆発した。

「いくら娘婿だからって許さないわよ！　わたしが沙也香に毒を？　何て失礼なの。わたしがどんな思いであの子を育ててきたか、あなたたちにわかる？　わたしはね、今までひたすら沙也香のために生きてきたの。沙也香が幸せになるようにと散々お膳立てをして、心配して、自分の色んなことまで犠牲にして、それでもあの子を愛し続けているの。なのに、わたしがあの子を傷つけたですって⁉　冗談じゃないわ‼」

義母の目尻が吊り上がっていくにつれて、俺は反論の言葉をなくしてしまった。怒りを含んだ目に見えない圧が、俺の喉を絞めるかのようだ。

ところが義母が息継ぎをした一瞬の間に、

「――うっざ」

俺の代わりに声を発したのは桜庭だった。そのひと言に虚を突かれたらしく、義母も彼へと視線を転じる。

「うざい、ですって？」

しかし次の瞬間、彼はハッと顔色を失い、うつむいた。どうやら今のは言おうと思って言ったわけじゃないらしい。藍里と話していた際にも同じようなことがあった。押し留めていた心の声が、ぽろりと出てしまったのだ。

スタジオで話した際、彼自身が打ち明けてくれた。キラキラネームをつけた親を恨んでいる、と。息子が将来どんな思いをすることになるかにも思い至らず、ただ自分たちが特別感を味わいたいがためだけに、イキって中二病チックな名前をつけた親とは、もう縁を切ったのだと。

――うちの親はね、毒親なんですよ。

一概に毒親といってもタイプは様々だ。けれど桜庭は、若松香の中に、自身の親を見たのかもしれなかった。

「申し訳ありません、あの……」

「桜庭さん、でしたっけ」

先ほどのヒステリーとはまた違った凄《すご》みを感じた。義母は顎をそらし、冷徹な目つきで相手を見下ろしていた。

「あなた、高校はどちら？」

桜庭が戸惑いつつ県内にある工業系高校の名前を口にすると、

「……そう、やっぱりね」

小さく、しかし確かに、義母は鼻で笑った。

とかく地方には出身高校で相手のレベルを測る風潮がある。桜庭の出身校は決して偏差値が高いとはいえない。そのことが義母を満足させた。

「他人様の家の事情に口出しするなんて、いったいどんなご身分？　どういう教育を受けてきたのかしらね？」

嘲《あざけ》るような言葉に桜庭は眉をゆがめ、きゅっと唇を噛んで——羞恥心に苛まれているのが、俺にはわかった。

「女の子であればまだしも、男の子が、それくらいの偏差値でねぇ。あなたは誰？　ただのカメラマンでしょう？　自分の分も弁《わきま》えずにずけずけとものを言って憚《はばか》らないなんて、親御さんの顔が見てみたいものだわ」

「お義母さん！」

ついに辛抱ならなくなった。

桜庭が、あんな顔をするなんて。彼にとって親のことは、唯一の弱点と言っても過言じゃない。それを嫌味ったらしく嘲笑《ちょうしょう》されたのだ。心にダメージを負っているのが、手に取るように伝わってくる。

たとえ沙也香の母親でも、関係ない。

「お言葉ですが、どこの高校出身かで人を見極めるのはどうかと思いますよ」

「だってあそこ、名前さえ書けば受かるようなところでしょ。だいたいの人間レベルもわかるってものじゃない」

「桜庭くんに協力を頼んだのは俺です。彼はカメラマンの仕事で忙しいのに、自分もあの式の場にいたからと、純粋な責任感で犯人捜しを手伝ってくれたんですよ。晴れの舞台であんな目にあった俺たち夫婦を気の毒がって、自分の時間を削ってまで今日もここに来てくれたんです。そもそもお義母さんが体裁を気にして警察に言うなと止めたから、こうして彼まで巻きこむことになったんじゃありませんか」

「それは、だって……」

義母はごにょごにょと弁解がましいことをつぶやいていたが、次第に威勢をなくしていった。この人が警察沙汰にするなと言い張ったのは紛れもない事実だ。それを指摘されてばつが悪くなったのだろう。

「身内として言わせてもらいます。出身校や職業で人となりを決めつけるなんて、考えが古い田舎者のやることですよ。学歴なんか関係ない。俺は、彼を信頼している。それに彼が腕利きのカメラマンだってことは、お義母さんも前撮り写真を見て知っているはずですよね？　素敵な写真だ、最高のカメラマンに当たったわねって、あんなに喜んでたじゃないですか。彼はあなたの大好きな〝一流〟です。それでも彼を嘲笑《あざわら》うというなら、俺も黙ってはいられません。

この際だからはっきり言いますが、沙也香をサゲるような発言も、今後はしないでいただきたい。娘のために、なんて言い訳もなしです。だいたい相手のことを本気で思っている人は、そんな恩着せがましいことを口にしないんじゃないですかね？　誰かのためだとわざわざ言うってことは――」

「はいはい、もういいわよ！　そんなにやかましく言わないでちょうだい！」

義母は叫ぶように言うと、腹立たしげにテーブルの麦茶を片づけ始めた。早く帰れという無言の抵抗か。こうなったら俺の勝ちだ。

それにしても女って奴は、どうして分が悪くなると勝手に議論を畳んでしまうんだろう？　まるで子どもじゃないか。こっちはまだまだ言ってやりたいことが山ほどあって、消化不良だってのに。

「とにかく、わたしは犯人なんかじゃないから。それがわかったんならもう満足でしょう？」

こうして俺たちは、若松家を後にした。

傘を開き、車を停《と》めてある場所まで二人して歩いていると、桜庭がやっと口を開いた。

「すいません。慎重にいきましょうって自分で言っておきながら、余計なことを口走ってしまいました」

声音がいつになく沈んでいる。ビニール傘越しに、肩を落としているのが見えた。

「まあ、気にすんなよ」

「僕が言うのも何ですけど、義理の母親にあんな風に意見しちゃって、大丈夫なんですか？」

「いいよ別に。お義母さんには前々から思うところがあったんだ。いつかはガツンと言ってやろうと決めてたし、ちょうどよかったよ」

「そうですか……」

と、桜庭は何やらまごついた。

「あの、さっきは僕のことまで庇《かば》ってくれて……学歴のこととか、親のこととか……林田さんがあんな風に思ってくれてたなんて、意外だったというか……」

その瞬間、俺の視線と彼の視線がぶつかった。

「助かりました。ありがとうございます、林田さん」

桜庭は、俺をまっすぐに見つめてそう言った。その両目に映っていたのは、心の奥底からの感謝。そして、俺に対する尊敬の念。

ああ、これこれ。この感覚だ――彼をストーカー女から救ってやったときと同じ感覚。涙する沙也香を抱きしめてやっているときの感覚。みぞおちから喉元にかけて、ゾクゾクするものがこみ上げてくる。ぱあっと視界が開けて、五感が冴《さ》え渡《わた》り、頭のてっぺんから爪先までが、歓喜に打ち震えている。

これでこそ、義母に意見した甲斐があったというもの。桜庭を庇ってやった甲斐があるというものだ。

「でも、これからどうしましょう？　若松香が犯人でないという確証もありませんが、犯人だという証拠もつかめませんでしたね」

「ああ、そうだな。あの人の話しぶりを聞いた感じ、沙也香のことを大事に思ってるってのは嘘じゃないみたいだ」

どう愛情表現してきたかは、さておき。

「それだけ大事な娘を傷つける動機は、結局見つからなかった」

「ってことは、ここにきて振り出しに戻っちゃったわけですか……」

桜庭はため息を隠そうとしなかった。今日で一件落着となるのを期待していたのは、何も彼だけじゃない。

ここまで、曲がりなりにも順調に捜査できていたはずだ。

怪文書を我が家のポストに直接投函し、なおかつ空白の五分間で沙也香に睡眠薬を盛った犯人。その容疑者を三人にまで絞ったものの——その三人ともが犯人でないとなった今、何をどうしたものだろう。

途方に暮れていると、不意に、頭の中に人影らしきものを見つけた気がした。これまで何度も見ているのに、さして気にも留めていなかった、誰かを。

「ひょっとして、俺たちは思い違いをしてるのかな」

「思い違いって？」

「わからないけど、重大な何かを見落としてる。そんな気がするんだ」

肩を並べて歩きながら、桜庭は「うーん」と雨雲を見上げた。

「そういう直感は無視できませんね。じゃあもう一度、事件を最初から洗い直してみましょうか？　しかし何かって何でしょう、毒の正体は睡眠薬とわかったし」

「そうだよな……あと残ってる謎といったら……」

道を曲がった瞬間、向こうから自転車がやってきた。何気なくそちらへ目をやった俺は、つい大声を出してしまった。

「あっ！」

桜庭のみならず、自転車に乗った青年もビクッとこちらに視線をくれた。

「えっ、あ、和臣さん？」

慌てて急ブレーキをかけたのは、沙也香の従弟、若松健翔《けんしょう》だった。

彼は沙也香の伯父の息子。うちの妹と同い年の大学四年生だ。住んでいるのはここから二つ離れた町だったと思うが、訊けばバイトへ行くのによくこの辺りを通るという。

「今ちょっと沙也香の実家に寄ってきてさ」

「そうだったんですね。いやあ、誰に声かけられたかと思いましたよ」

「ごめんごめん、びっくりさせちゃったな」

ふと、健翔は俺の手元へ視線を滑らせた。と同時に、

「あっ、それ……」

彼の顔に一瞬、嫌悪が浮かんだ。視線は俺が抱えていたもの――沙也香の卒業アルバムへと注がれている。

「それを取りに、沙也香の家まで？」

「ああ。健翔くんにはまだ伝えてなかったけど、結婚式をやり直そうと思ってて。そのときのスライドショーで使うために借りてきたんだ」

すると健翔はなぜだか口をつぐんでしまった。周囲を不自然に見まわし、自転車のハンドルを握り直す。バイト先へと急いでいるのか、それにしても妙な態度だ。

不思議な沈黙を破って、

「えっと……中学のときの写真は、あんまり使わない方がいいかも」

と、彼は迷いがちに言葉を継いだ。

「いやその、使ってもいいとは思うんですけど、沙也香的には微妙な写真もあるかなって」

「微妙な写真って、たとえば？」

「たとえば……」

圧をかけているつもりはないが、相手にとってはそう感じるのかもしれない。しきりに唇を内側に巻きこむ仕草からは、どうにかして話の核心を避けたいという気持ちが透けて見える。

「健翔くん。この人、結婚式にもいたカメラマンの桜庭さん。覚えてる?」

「ああ、はい」

「実は彼、俺の友だちでさ」

違うと言いたげな視線が横から浴びせられたが、無視して続けた。

「信用できる人だから安心して。何か沙也香のことで言いにくい話があるんだろうけど、彼なら他に言いふらしたりしないからさ」

「いや、どっちかというと、和臣さんに言いにくいんですけど」

「俺に? まあ平気だよ。沙也香のことなら何でも受け止めてるからな」

事実、過去に男遊びをしていたことも、親友と思っていた男の元カノだったことも、本人を責めることなく受け止めているんだから。

すると程なくして、健翔は意を決したようだった。

「本当に平気ですね? なら話しますけど……和臣さん、沙也香から聞いてますかね。うちの母親、沙也香が通ってた女子中の司書をやってたんです」

「ああ、そうらしいな」

自分の好みを伝えるとそれにぴったりの本を選んでくれる名物司書だったそうで、同じ中学に通っていた美咲と沙也香で話が盛り上がっているのを、俺も耳にしていた。

――あの司書さん、わたしの伯母さんなんだよ。

――えーっ、嘘、そうなんですか?

さすが田舎、意外なところでつながりますね、とか何とか、美咲がはしゃいでいたっけ。

「それで、うちの母親から聞いた話なんですけど……沙也香、中学のとき鬼ヤバかったんですよ。万引きに、あと、いじめまでしてたらしくて」

「……？」

それらの言葉が脳に届くまで、数秒かかった。

万引き？

いじめ？

いやいや、さすがにそれはないだろう。沙也香に限って、そんなことは。

「沙也香の家って母親が毒持ちヒステリーだから、ぶっちゃけうちの両親はずっと敬遠してたんですよ。だから結婚式のときも俺が両親の代わりに駆り出されることになっちゃって。単なる数合わせだと思うと面倒だったけど、沙也香とはいちおう幼馴染で仲が悪いわけでもなかったし、両親が絶対に行きたくないって駄々こねるもんだから、仕方なくね」

「どうりで、そういう訳だったんですか。少人数婚でゲストを絞るにしても、普通は伯父さん夫妻を呼ぶものですし、不思議だったんです」

桜庭はひとり合点《がてん》がいったようにうなずいている。

「ただうちの母親があの家を敬遠してるのは、沙也香の母親が変だからっていうより、沙、沙也香のことが苦手だからなんです。というのも、あいつの中学時代を間近に見ていたからで……」

健翔の話はこんな具合だった。

司書として働く彼の母は、まさか自分の仕事場に沙也香が入学してくるとは思わず、初めのうちは驚いた。が、その頃はまだ沙也香を大人しい子だと思っていたし、司書の身で生徒と深く関わることもないだろうと、特段気に留めてはいなかった。

しかし一年が終わりに差しかかった頃から、様子がおかしくなってきたという。まず起こったのは、沙也香が万引きをしたという事件だった。ところがこれは存外早く収束していった。ただのデマだったのか、あるいは若松香が何らかの方法でもみ消したのか。どういう形で決着したのかは、司書の耳には入ってこなかった。

その後間もなく、一人の生徒が頻繁に授業を抜けて図書室へ来るようになった。思春期の子どもたちを数多く見ていた健翔の母は、深入りせず、ただ見守ることに徹していた。もっとも、その女子生徒がいじめられていると察するまでに、そう時間はかからなかった。

「シスターフッドっていうんですかね。女子校って、女子同士で手をつないだり抱きあったり、姉妹みたいに仲いい様子がそこかしこで見られるんだとか。でもそのぶん、こじれるとかなり陰湿ないじめが始まっちゃうみたいですよ。

うちの母親、その女子生徒が校舎裏に呼び出されて取り囲まれてる姿を何度も見たんだそうです。小突かれたり、変な名前で呼ばれたり、スクールバッグを濁った池に捨てられたり。その子が慌てて池に入っていく姿を見て、いじめっ子たちはきゃあきゃあ騒ぎ立ててたって、母親は嘆いてました。男のいじめもひどいですけど、女のいじめも相当ですよね」

「まさかそこに、沙也香も……？」

祈るような気持ちだった。

どうか、違うと言ってほしい。けれども現実は、俺の祈りをいとも簡単に打ち砕いた。

「はい。沙也香がそのいじめっ子軍団にまじっていたのは間違いないそうです」

「だとしても、主犯じゃないかもしれないだろ？」

「それはどうかわかりませんけど」

「いじめっ子たちに脅されて、無理やり参加させられてただけかもしれない。そうだよな？」

「林田さん……」

桜庭が同情の目を向けてきた。健翔も、気まずそうに口を閉ざした。

どうしてそんな顔をする？　だって、考えられないじゃないか。

あの、気が弱くて人に謝ってばかりで、自分の意見すら満足に言えない沙也香だぞ？　その沙也香が、いじめられる側だったというならまだしも、誰かをいじめる側だったなんて。

きっと嫌々だったんだ。カースト上位の女子たちにせっつかれて、参加せざるを得なかったんだ。困り顔をしている沙也香が目に浮かぶようじゃないか？　そうだ。絶対そうに違いない。

「……一番エグかったのは、写真を撮っていたことだと、母親が言ってました」

「写真？」

訊き返した桜庭に、健翔はうなずいた。

「いじめの様子を、いじめっ子たちがスマホで撮影していたみたいで。その話をした頃から、うちの母親はあの家に近寄らなくなっていきました。気分が悪いと言って詳しくは話したがらなかったんですけど、その写真を撮っていたところにがっつり沙也香が関わっていたからじゃないかと、俺は踏んでます。

そんなわけで、沙也香の中学の写真はあまり使わないでやってください。あいつが当時のことを後悔していても、していなくても、黒歴史であることには変わりないでしょ。写真の中にはいじめられてた子が写ってるものもあるだろうし。だから結婚式で披露するのはどうかなと思ったんですよ。……まあ、俺がとやかく言うことじゃないですけどね」

言い終えるが早いか、健翔は逃げるようにペダルを踏み、雨の中を去っていってしまった。残された俺たちはただ閉口して、今の話を噛み砕くので精いっぱいだった。

「林田さん。例の写真、まだスマホに入ってますか」

「……ああ」

考えていたことは、一緒らしい。

スマホを取り出して、桜庭が解像度を上げてくれた画像のデータを開いた。

自宅マンションのポストに投函された封筒。そこに、怪文書とともに入っていた謎の写真。左側に中学の制服を着た沙也香が佇んでいることまでは辛うじてわかっていた。が、その横に写っていたのは――。

「これ、人じゃないか……？」

岩、あるいはゴミ袋に見えていた物体。

それを脳が人だと認識するやいなや、頭、胴体、腕の輪郭がみるみるうちにはっきりしてきた。こうなると、もう、人にしか見えない。

それは土下座をする女子生徒だった。沙也香は彼女の前に立って、地面に頭をこすりつけている姿を、無表情に見下ろしている。そんな構図だった。

「赤ずきん」

唐突に、桜庭がつぶやいた。

「沙也香さんが昔コンカフェで働いてたとき、赤ずきんのコスプレをしてたって話、してましたよね」

「ああ。橋本智恵がそう言ってた。それがどうかしたのか？」

「……特に関係ないんですけど、今ふと思い出して。グリム童話の赤ずきんって、実はまああ残酷な話だったなと」

狡猾《こうかつ》な狼に騙され、丸呑みにされてしまった赤ずきん。猟師によって助け出された彼女は、眠っている狼の腹に石を詰めて殺してしまう。ここまでが日本でよく聞くあらすじだ。

しかし桜庭いわく、この話には後日談があるという。

「あるとき、赤ずきんはまた別の狼に声をかけられるんです。けれど前に丸呑みにされた経験から、その狼を返り討ちにしちゃうんですよ。確か、風呂桶《おけ》にソーセージを煮た熱々のお湯を張って、においで狼を誘い出して、溺死させるっていう。つまりは狼を、二度も殺してるんですよね……」

赤ずきんは、ただの純粋無垢《むく》な、か弱い少女なんかじゃなかった。

沙也香がそのコスプレを選んだのは、まず間違いなく偶然だ。かわいい衣装だから。露出が少なめだから。ただ単に、それだけの理由だ。

ほくそ笑む絵本の中の赤ずきんを想像してしまい、知らず肌が粟立《あわだ》った。

「もしかして」

と、あることが脳裏をよぎった。急いで中学の卒業アルバムを開く。

「うちの妹が話してたんだ。中学時代、名前でいじられてた人がいるって。今さっき健翔くんも言ってたろ？　いじめられてた子が変な名前で呼ばれてたって」

「キラキラネームってことですか」

低い声で桜庭がうなる。

そうこうしているうちに、見つけた。クラスごとのページだ。

「沙也香はどこの――いたいた、三年A組か」

一人ひとりの正面写真が並ぶ中、「若松沙也香」は柔和な微笑みを浮かべていた。その年頃のあどけなさが見られるものの、面影は今とさほど変わっていない。

こんなに慎ましやかな女の子が、万引きやらいじめなんてことを本当にするだろうか？　複雑な思いでその笑顔に見入っていたとき、

「林田さん！」

突然、桜庭が声を張った。

「この人って、そうじゃないですか？」

彼が指差す先には、笑顔が並ぶ正面写真群にはとても似つかわしくない表情があった。「愛《あい》沢《ざわ》帆花」。歯を見せて笑う生徒が多い中で、その子の表情は異様だった。陰気な顔には笑みなんて欠片も浮かんでいない。その代わり、まるで怨念を送っているかのように、暗い目でこちらを見据えていた。

その顔を、俺も、桜庭も、知っている。

雰囲気は今とだいぶ違うが、間違いなく彼女だ。

……そういうことだったのか。

確かに彼女なら、犯行は可能だ。空白の五分間に沙也香と接触していたところで、気に留める人は誰もいない。桜庭もあえてツーショットを収めておこうとは考えない。というより、むしろカメラマンなら無意識のうちに彼女が写らないようアングルを外すだろう。

桜庭と同じく結婚式では気配を消し、黒子《くろこ》に徹することこそが、彼女の仕事なのだから。

結婚式場のスタッフエリアを歩くのは、初めてのことだった。顔見知りのスタッフに適当な嘘を言って通してもらったはいいが、雰囲気が思いのほか無機質なのには驚いた。表の華やかさとはまるで正反対だ。休憩中のスタッフはみんな真顔でスマホをいじっていた。

考えてみれば当然のことかもしれない。ここで働く人たちにとって、結婚式は、あくまでも仕事。会場を飾り立てるのも、料理を作るのも、祝福の言葉を口にするのも、新郎新婦やゲストにやわらかく微笑みかけることも。

カメラマンも裏方には違いないけれど、会場設営や調理には関わらない。このエリアに入ることは今後もないと思っていた。

けれども事件の犯人がわかってしまった今、絶対に、間違いがあってはならない。たとえ状況的に、そうとしか考えられなくても。もし見当違いの追及をしてしまえば自分と彼女の関係にひびが入ることは確実だろう。仕事上、それは避けたい。もっとも仕事うんぬん以上に、自分は、彼女が犯人だとは信じたくないのかもしれなかった。

気が重い。足取りが、重い。今日はカメラも、機材だって、何ひとつ持ってはいないのに。

スタッフ通用口から表へと出たときだった。

「あれっ？　桜庭さんじゃないですか」

知らず、体がこわばった。

ここはブライダルの相談カウンターだ。

「どうしたんです？　そっちはスタッフエリアですけど……」

相手と視線をあわすのがためらわれて、つい目をそらしてしまった。まだ和臣は来ていないのか。タイミングが悪いにも程がある。

幸いというべきかこの時間、相談カウンターには他に誰もいなかった。上野さんは不思議そうに首を傾げていたが、

「そうだ、もうすぐ林田さんがいらっしゃるんですよ」

と、屈託ない笑顔を見せた。

「二度目のお式のことで打ち合わせをするんです。林田さん、また写真撮影を桜庭さんに、っておっしゃってたんですよ。桜庭さんの写真をずいぶんと気に入ってらっしゃったみたいで」

さすがですね、と上野さんは目を輝かせた。

ブライダル企業とカメラマンの間には歴然とした上下関係がある。どれだけ腕利きのカメラマンでも、突き詰めれば下請けに過ぎない。だが上野さんは、いつだって対等に自分と接してくれた。年齢も関係しているのだろうか。彼女はまだ新人の身。だから歳が一つしか違わない自分に、親近感を寄せてくれていたのかもしれない。……かくいう自分も、彼女と仕事をするのが好きだった。

待ちかねていた男がやってきた。上野さんは接客モードに戻り、深々とお辞儀をした。

「今日もご足労いただきまして恐縮です、林田さん」

「どうも」

和臣はそっけなく言うと、こちらに視線を寄越した。

頼むぞ、という心の声が聞こえてくる。ここが正念場なんだから、と鼻息も荒く意気ごんでいるらしい。視線を交わしたのはほんの一瞬だった。けれどもその一瞬で、彼の緊張と、決意と、そして高ぶりとが、ありありと伝わってきた。

上野さんは相談カウンターから離れたテーブルへと、和臣を誘《いざな》った。

「今日はお式のプログラムや料理について、改めてご希望を伺えればと思っております。それではさっそくお座りいただきまして――」

「彼にも同席してもらいます」

と、和臣が、まだ相談カウンターで立ちすくんでいる自分を目で指した。

「えっ。桜庭カメラマンに、ですか……？」

「何か問題でも」

「いえ、そういうわけでは」

常ならず高圧的な和臣の態度に、上野さんはおろおろと首を横に振った。不穏なムードを感じ取ったのだろう。辛うじて笑みを保ってはいるが、自分と和臣を交互に見て、なお状況が呑みこめないらしく、困惑の色をにじませていた。

ああ、嫌だ。行きたくない。できることならこのまま帰ってしまいたい。それでも和臣の視線に引っ張られるように、足が進んでしまう。上野さんの横でなく、和臣の横に腰を下ろす。なぜそっちなのかと問いたげな上野さんの視線。

こうして、場が整った。整ってしまった。

「あなただったんですね」

和臣はさっそく口火を切った。

「結婚式でうちの妻に睡眠薬を盛ったのは、上野さん。あなたですよね」

彼女の笑みがたちまち凍りついた。

顔は硬直しているにもかかわらず、笑顔の名残りで口角だけ上がっているのが、見ていていたたまれない。彼女にとっては突然すぎる事態だ。接客モードを解ききれず、頭の中は混乱と焦りでいっぱいになっていることだろう。

「何の、お話でしょうか」

そのうち絞り出すように彼女は問うた。

「奥様に、睡眠薬……？　まさか、奥様があのとき倒れてしまわれたのは、それが原因だったんですか？」

和臣は長々と息を吐いて、スマホを手に取った。

「そうやってとぼけるわけですか。わかってるくせに」

「でも、何のことか本当に……」

「だったら説明してあげますよ。

この二つの写真を見てください。会食時の歓談の様子を撮ったものです。後には沙也香の余興が控えていた。こっちの写真に写った沙也香のグラス、シャンパンは通常のスカイブルーだ。でもこっちの写真を見ると、妙に濃い青色になってますよね？　写真データで時間を確認したら、この間は五分だった。そうだよね、桜庭くん？」

上野さんの視線が突き刺さる。

けれど和臣の言葉に、うなずくしかない。

「裏方であるあなたがどう動いていようと、誰と言葉を交わしていようと、いちいち気に留めるゲストはいない。誰の記憶にも残らない。そういう心理をわかった上で、この五分の間に、あなたはこっそり沙也香に近づいたはずだ」

——間もなくバイオリン演奏の準備が整います。奥様も、どうぞご準備を。

などと、耳打ちするために。

「むしろ近づいてなきゃおかしいんだ。プログラムを進行するには、その声かけが必須なんだから。たぶん、ほんの数秒のことだったでしょう。でもシャンパングラスに睡眠薬を落とすだけなら、その数秒で事足りる。

要するにこういう手順です。あなたは沙也香が誰とも会話していないタイミングを見計らって、沙也香に近づき、バイオリン演奏の準備が整う頃合いだと伝えた。その直後、何らかの口実で沙也香の注意をグラスから外させた。ドレスがイスに引っかかっているとか何とか、いくらでも言いようはあるでしょう。それで沙也香がグラスから顔を背けた瞬間、素早く他のゲストたちが見ていないことを確かめ、グラスに睡眠薬を入れた。もしかしたら沙也香の緊張をほぐすために、演奏前にもう少しシャンパンを飲んでおいてはどうか、とかそれらしく促したかもしれないな。そうして何食わぬ顔でその場から離れ、司会進行に戻ったってわけだ」

「待ってください！　そんなこと、どうしてわたしがしなくちゃいけないんですか」

上野さんは悲痛に声を震わせた。

「奥様がお式の最中に倒れてしまわれたのは、本当にお気の毒だと思っています。でも、ウェディングプランナーとしてお二人のお式を担当してきたわたしが、そんなことをする理由がありません。お式を滞りなく進めることが、わたしの仕事なんですから」

「動機がない、とでも？」

和臣がやたら余裕の表情であるのに対し、上野さんは狼狽《ろうばい》を隠しきれていない。

「ええ、そうです。僭越《せんえつ》ながら奥様とここで初めて出会い、お式のプランニングを一緒にさせていただく中で、良好な関係を築けたのではないかと自負しています。女性にとって結婚式は主役になれる貴重な場。一生の思い出になるんです」

そう。彼女は前にも同じことを言っていた。

――わたしも式を挙げた経験があるので、結婚式が夫婦にとってどれだけ大切な思い出になるか身に沁みているんです。

「わたしはそれを最大限、素晴らしいものにしたいと思っていました。奥様にとって最高の一日にして差し上げたいと、その一心だったんです。それなのに、傷つけようなんて考えるはずがありません」

「ふっ、嘘だな。沙也香とここで初めて出会った？　本当は、そのずっと前から知っていたんだろうが」

上野さんの眉が、ぴくりと動いた。和臣の口調は至って冷淡だった。

「沙也香が卒業した女子中学校。あなたも、同じところに通っていましたよね？　卒業アルバムにあなたと同じ下の名前、あなたと同じ顔の生徒が写っていましたよ。〝愛沢帆花〟――結婚して苗字が変わったんですね」

「…………」

「中学のクラスメートだったのに、知らなかったわけないでしょう」

今や上野さんの顔は、紙のように白くなっていた。視線が斜め下へと伏せられていく。ところが間を置いて、

「奥様は、わたしのことを覚えていらっしゃいましたか？」

と、挑むような目で和臣を見た。

「いいや、そんなことは言ってなかったけど」

「そうですよね？　いくら同じクラスだったからといって、中学時代の同級生の顔を一人ひとり覚えているとは限りません。……奥様がわたしに気づかなかったのと同じで、わたしも、奥様のことは記憶に残っていませんでした。申し訳ありませんが」

なぜだろう。今の発言に、どことなく、切なさのようなものが感じられたのは。

上野さんの言い分はもっともだ。

過去につながりがあったとしても、覚えていなかったと主張されたらそれまでのこと。同級生だった事実がすぐさま犯行の動機になるわけでも、ましてや彼女が犯人という証拠になるわけでもない。

こういう展開になることは、あらかじめ予想できていた。

——どうしよう桜庭くん。もし上野が、シラを切りとおしたら？

中学のクラスメートだったという発見はいいカードになる。が、切り札にはなりえない。そ

れは和臣も理解していたらしかった。

他方で、自分は一つ推測を立てていた。

――沙也香さんが倒れて大騒ぎになった直後、上野さんは、片づけをしたんじゃないでしょうか。全員で青いシャンパンを飲んでいたとはいえ、後で新婦のシャンパンだけ色が変だと気づくスタッフがいるかもしれない。そうなったら犯人は困るでしょう。だから万が一にも自分に疑いの目が向かないよう、後始末をしたと思うんです。その過程でボロを出した可能性は、大いにある。

――あっ……でも俺、沙也香のグラス、引っくり返しちゃったかも。沙也香が血を吐くのを見た瞬間、立ち上がった勢いでさ。

確かにあのとき、和臣がイスを倒さんばかりの勢いで立ち上がっていたのを、自分も覚えている。

――もしかして俺、やっちゃった感じ？　犯人の証拠隠滅に協力しちゃったのかな。

――そうとも限らないですよ。バイオリン演奏の最中、僕は踏み台に乗ってたので、そこからゲストの皆さんがスマホを構える様子を見てます。歓談中に動画をまわす人はいなかったでしょうが、花嫁の余興ともなれば、きっと皆さん動画モードにしていたはずだ。

座席の位置的に、一番いいのは森《もり》あきらか。

和臣が連絡すると、森あきらはすぐにそのときの動画を送ってきた。正直あんな惨状だったわけだから、削除されてしまったかもと思ったのだが……とにかく動画を確認してみると、案の定、沙也香さんが血を吐く瞬間も、そして和臣が立ち上がる姿も画角に収まっていた。

和臣がテーブルに手をつき立ち上がった弾みで、沙也香さんのシャンパングラスがぐらつく。と、グラスはそのまま視界から消えてしまった。動画には沙也香さんのもとへ駆け寄る和臣、若松香、少し遅れて上野さんも映りこんだ。女性たちの悲鳴、男性たちの怒号。撮影者の森あきらは気が動転したのか、立ち上がり、その場であたふたしていたらしい。改めて見てもすさまじい光景だ。

——グラスは床に落ちたか……てことは、割れちゃったよな、きっと。

——いや、あの会場には一面カーペットが敷き詰められていました。もしかしたら割れなかったかもしれ——。

言いかけて、息を呑んだ。

右往左往する森あきらは、どういう心境なのか、なおも撮影をやめていなかった。撮影者の動揺を表すかのように、画面が激しくぶれて、気持ち悪い。一瞬、踏み台の上で茫然としている自分が映る。救急車を呼べと叫ぶ声。

次の瞬間、上野さんが駆けだした。直ちに司会台へスマホを取りに行くかと思いきや——彼女は沙也香さんの席へと走り、しゃがみこんだ。その他全員の意識は沙也香さんにのみ集中している。森あきらの位置からは長テーブルが邪魔で、上野さんが何をしているか見えないが、間もなく立ち上がった彼女の手にあったのは——。

「あなたが手に持ってるこれ、シャンパングラスですよね？」

一時停止した動画を示し、和臣は顎をそらした。

「どう考えても不自然だ。あのとき、何をさておいても救急車を呼ぶのが先だろうに、どうして沙也香の席まで行ったんですか？　なぜ沙也香のシャンパングラスを取りに行く必要があったんです？」

和臣の追及に、上野さんは押し黙っていた。

自分は、心のどこかで、彼女は犯人じゃないと思っていた。そう思いたかったのかもしれない。あれほど朗らかで、人好きのする、一生懸命な女性が——彼女のような「いい人」が、犯人なんかであるはずがないと。

「……上野さん。もう、正直に言ってくれませんか」

意図せず、声が揺れてしまった。結局のところ、自分の人を見る目だって、和臣と同レベルに過ぎなかったのだろうか。

「さっきスタッフエリアに行ってきたのは、林田さんたちの結婚式の後、何かいつもと変わったことはなかったかスタッフさんに訊くためだったんです。ちょうど、あの日いた給仕スタッフさんから話を聞くことができました。

何でもあの騒動の後、シャンパングラスが一つ紛失したんだそうです。騒ぎの中で割れたのかと思って会場中を探しても、破片ひとつ見つからない。妙ですよね。ですがその翌日、もう一度グラスキャビネットを確認してみると、なぜか今度はグラスの数がぴったり合った。紛失したはずのグラスが、いつの間にか戻っていたんです」

理由は簡単なこと。

誰あろう犯人が、グラスを洗浄後、人目を盗んでキャビネットに戻しておいたのだ。

「ゲストにそれができるはずない。スタッフエリアを自由に行き来できる人間は限られていますから。……その給仕スタッフさんはこうも言っていました。ゲストがみんな帰った後で、床のカーペットを掃除するあなたの姿を見た、と。訊けば、そういった掃除はすべて業者に任せているそうですね。そのことを、あなたが知らないはずもないのに」

上野さんはうつむいていた。

一分。いや、もっと長い時間だったかもしれない。永遠に続くとも思われるほどに、沈黙が刻一刻と重みを増して、息苦しくてたまらなかった。

「桜庭さんとはこれからも、一緒にお仕事したかったのになあ」

そうこぼすと、上野さんはこちらへ顔を向けた。

哀しい微笑み。あきらめたような眼差しだった。彼女は次いで、隣にいる和臣へと視線を転じた。

「もう言い逃れはしません。おっしゃるとおり、わたしが睡眠薬を盛りました」

和臣の横顔が瞬く間に怒りの赤に染まっていく。と、彼はテーブルを叩いて立ち上がり、相手を一直線に指差した。

「何考えてるんだあんた！　下手すりゃ沙也香は死んでたかもしれないんだぞっ？　もし打ちどころが悪かったら」

「別に、殺そうだなんて思ってませんよ」

上野さんの声色は打って変わって落ち着きを取り戻していた。和臣の怒りを間近に浴びようと、意にも介していない。心がどこか、別の場所にあるかのようだ。

「確かに愛沢はわたしの旧姓。中学時代、沙也香とクラスメートだったことも、あなたが調べたとおりです。じゃあ、わたしと沙也香が〝親友〟だったことは、ご存知でしたか？」

「親友だと？　それなのに沙也香を傷つけたのか」

「もちろん、睡眠薬を盛ったのにはそれなりの理由があります。沙也香があなたにひた隠しにしてきたであろう過去。わたしがあの子に、恨みを抱く訳がね」

不敵に微笑むと、上野さんは事のあらましを語った。

発端は、万引き騒動だった。驚いたことに中学時代、沙也香さんが万引きをしたという話は事実だったのだ。

「沙也香が万引きしたのはブラジャーでした。その共犯は、当時、沙也香と一番仲がよかったわたしです」

「何をいけしゃあしゃあと……だとしたら、あんたが沙也香をそそのかしたんだろ！」

「林田さん、まずは話を聞きましょう」

立ち上がって和臣を押さえる。直情的な彼のことだ、放っておけば女性相手でも構わず殴りかかるんじゃないか。そう思うと気が気じゃなかった。

すると上野さんは座ったまま和臣を睨み上げ、

「あなたも、しょせんはあの子たちと同じですね」

と、低い声で言い放った。

「あの子たち？　何のことだ」

「結婚したなら当然、沙也香の母親を知ってるでしょう。毒親っぷりは健在でしたか？」

「こっちの質問に答えろ！」

和臣が怒気を吐き出す傍ら、上野さんは気だるい調子で言葉を継いだ。

「お気づきかどうかは知りませんが、あの母親は沙也香を逐一コントロールしたがるだけじゃなく、〝娘が女になることが許せない〟っていう、厄介極まりないタイプでしてね。成長期で女性らしく体が変化していくことも、異性に興味を持つようになるのも、自然のなりゆき。だけど沙也香の母親は、そうやって娘が色気づいていくのが癇《かん》に障って仕方なかったようです。自分だって同じ女なのにね。

中学一年で初潮が来たとき、あの子、わたしに相談してきたんです。ナプキンって、どうやって選んだらいいのかなって。お母さんに訊かなかったの？　って言ったら、何て返ってきたと思います？」

汚い。いやらしい。それくらい、自分で何とかしてちょうだい。

沙也香さんは、実の母親からそう突き放されたのだという。

「だから沙也香と一緒にドラッグストアへ行って、一緒にナプキンを選んであげたんです。母親はそんな調子だから、お金をもらうこともできなかったみたいでね。沙也香は自分のなけなしのお小遣いで支払いをしていました。毎月のことだから、時にはわたしもナプキンを分けてあげたりして。まあ、男性にはぴんと来ない話かもしれませんが」

「…………」

「生理のことだけじゃありません。体育の授業で着替えるたび、沙也香がサイズ違いのスポーツブラを着けてるのが気になっていたんです。まさかと思って尋ねたら案の定、母親が買ってくれない、と。小学校高学年のときどうにか頼みこんでやっと買ってもらえたスポーツブラが、たったの二枚。それを沙也香はぼろぼろになっても着け続けていた。成長してサイズだってとっくに変わっているのに……。可哀相だと、心から思いました。今思えば、その同情がよくなかったんですね。

わたしの家も沙也香の家も、子どもにほとんどお小遣いを渡さない教育方針でした。だから、悪いとはわかっていたけど、わたし……万引きしようかって、沙也香に提案したんです」

当時のことを想起したか、上野さんは苦い顔で唇を噛んだ。

言うまでもなく万引きは犯罪であると、中学生にもなればわかる。が、子どもは子どもだ。まだ思考が幼く、他に相談できる大人も見つからなかった二人は、それを最善の策だと思いこんでしまった。

しかし結果として、万引きは失敗。学校にも親にも連絡がいく事態となった。

若松香が中学時代のことで何か言いかけてやめたのは、このことだったに違いない。あの母親なら、娘が万引きに手を染めたなんて過去は口が裂けても言えないだろう。

それぞれの親からこっぴどく叱られた一方、さらに二人を待ち受けていたのは、同級生たちの白い目だった。どこから洩れたのか、万引きの噂はすぐに広まってしまっていた。

当然、万引きは擁護できることじゃない。だが元を正せば沙也香さんの不遇な家庭環境が原因で起きたことだ。友人を慮《おもんぱか》ったがゆえの共犯行為だったと考えれば、上野さんがそこまで誇《そし》りを受ける必要もないように思う。

けれど事態は思わぬ方向へと進んでいった。とりわけ彼女にとって最悪だったのは、

「〝帆花がやろうって言ったから、やるしかなかったの〟――事もあろうに、沙也香がクラスメートたちにそう言ってるのを、聞いちゃったんですよ」

上野さんはどこともない宙へ視線を漂わせ、自虐するように笑った。

「沙也香にしたら、自分の家庭事情を公にするのが嫌だったんでしょうね。母親がナプキンもブラジャーも買ってくれないなんて話、恥ずかしくってとてもできないと思ったんでしょう。それで、わたし一人を悪者に仕立て上げた」

「本当のことを、上野さんは言わなかったんですか?」

思わず口を差し挟むと、彼女は寂しそうにかぶりを振った。

「沙也香が我が身かわいさにわたしを貶めたんだって、ちゃんとわかってました。でも、心のどこかで、信じたい気持ちが捨てられなかった。あの気弱な沙也香が、わたしくらいしか相談相手がいなかった沙也香が、そんなことするはずないって。だからクラスメートたちには本当のことを言えなかった。何より、沙也香が他人に知られたくないことを、わたしが明かしてし

まってはいけないと思ったんです。あの子の抱えていた事情を、秘密として守らなきゃいけないと思った。親友だから……そこまで心を砕く価値のある子じゃなかったのに、馬鹿ですよね、わたしも」

　中学生だった上野さんは、自身の名誉より親友の気持ちを優先した。その親友に裏切られたのだと、理解していても。

　学校内での評価は清々しいほどはっきりと定まった。

　若松沙也香は万引きをさせられた可哀相な子。

　愛沢帆花は気弱な友人に万引きを強要したひどい子。

　後者へといじめの矛先が向けられるのも、時間の問題だった。

「学生の頃いませんでした？　陽キャでもないのになぜかカースト上位のグループにまじってる女の子。気弱そうなのに、なぜかいじめられない女の子。沙也香がまさにそうでした。周りの子たちの善意――なんて言うのもアホらしいですけど、そういう〝いい人ぶりたい欲求〟をくすぐるのが、あの子は生まれつき得意なんでしょうね。可哀相な子である沙也香は、一気にクラスメート全員を味方につけて、平和で楽しげな学校生活を送っていました。一方、ひどい子であるわたしはといえば、中学を卒業するまでの二年と少し、まるでドブみたいな毎日でしたけど。

　あのクラスメートたちはしょせん、沙也香のためっていう口実にかこつけて、誰かをいじめたかっただけなんでしょう。女子同士のいじめって本当に陰険でね。大人にバレないよう、うまーく隠れてやるんです。一度だけ司書の先生が心配して声をかけてくれましたけど、他の先生たちは、気づいてすらいなかった……。当時、うちは両親が離婚して、苗字が母方の愛沢に変わったばかりでした。そこに、いじめっ子たちが目をつけたんです。愛沢の〝愛〟と、帆花の〝帆〟を取って〝愛帆〟――〝ラブホ〟なんてあだ名でわたしを呼んでは、ケラケラ笑ってましたよ。子どもの考えることってつくづく幼稚で、えげつないですよね」

笑えるでしょう？　と、上野さんは首を傾げてみせた。

問わず語りに明かされていく真実は、自分が心の隅に押しやっていた記憶を、ちくちくと針で刺すように刺激した。

――あはは、サファイアだってさ、かっけー！

――DQNが来たぞ！

――なあなあ、おまえん家って親もキラキラなの？

――あそこのお宅、相当荒れてるみたいよ。

――ヤンキー上がりのご夫婦だからねぇ……しかも子どもにあんなイタい名前つけて、何だか可哀相になっちゃうわ。

やっとわかった。だから自分は、上野さんに親しみを感じていたんだ。だから彼女がいい人だと、思いたかったんだ。

「その頃、わたしは親が離婚したことがどうしようもなく寂しくて、つらかった。その気持ちを沙也香に打ち明けたことだってありました。だけど沙也香は、わたしの事情を知っているだろうに、一度だっていじめっ子たちに意見してくれなかった。変わってしまった名前を馬鹿にされるのがわたしにとって一番しんどいことだって、知らなかったはずないのに。

それどころかいじめっ子たちの言うがまま、いじめの現場にまでのこのこ来ちゃったりして。いじめっ子たちが沙也香に謝れって囃《はや》し立てて、わたしは無理やり土下座をさせられて……沙也香はそんなわたしを、何を言うでもなく、ただじいっと見てたんです」

それが、あの写真の真相か。

他にも上野さんは、口にすら出したくない行いを散々されたという。中学校生活は、彼女の人生における唯一にして最大のトラウマとなった。……卒業してからもずっと忘れられなくて、フラッシュバックに苦しめられて。

その頃から、精神状態がひどいときは心療内科にかかるようになった。睡眠薬を服用するのは彼女にとっての日常だった。

「でも過去は過去、未来は自分次第で明るくできる。そう自分に言い聞かせて、どうにかトラウマを乗り越えられた。大学卒業後に好きな人と結婚して、なりたかったウエディングプランナーの職にも就けて、やっと、わたしの人生を取り戻すことができたんです。嫌な記憶も、完全に忘れることができてた。それなのに……。

ふふ、沙也香ったら、約十年ぶりにここで再会したっていうのに、わたしのことをちっとも覚えてないんだもん。当然わたしはすぐに思い出しましたよ？　何重にもフタをしていた記憶の箱が、無理やりこじ開けられたみたいな感覚で、吐きそうになりましたけど。まさかわたしにトラウマを植えつけた元凶の女が、〝お客さま〟として現れるなんてね」

「それで、復讐《ふくしゅう》したのか」

和臣がうなった。

「……どうかしてる。十年も前のことで復讐なんて」

何とも冷めた言い方だった。

見ると彼の面持ちには、呆れの色が浮かんでいた。今まで横槍も入れず大人しく相手の話を聞いていたのは、傾聴というより、ただドン引きしていただけらしい。

「そんなことで罪を犯して、人生を棒に振るなんて。俺には理解できないね」

十年も前のこと。そんなこと。確かに一理ある。復讐なんて、結局は過去に囚《とら》われ続けている証とも言える。

だけど、そう単純なものじゃないはずだ。少なくとも、上野さんにとっては。

「あー、なるほどね。さすがは沙也香の旦那さん。あの子と結婚するだけのことあるわ」

と、煽るような口調が、ふたたび和臣の怒りに火をつけた。

「沙也香だっていじめのことを後悔してるかもしれないだろ！　あんたはそれを確かめもしなかった！」

「わたしのことを覚えてもいない人に、何を確かめるって言うんです？」

上野さんはニタリと笑みを広げてみせた。

「すごいですねぇ、林田さん。こんな事実を知ってもまだ、沙也香のことを庇えるんですね。

真実の愛ってやつかなあ。わたしにドン引きしてるようですが、内心は、沙也香にも引いちゃってるんじゃありません？」

「俺は、そんなこと……」

「さっきも言ったでしょう。あなたもわたしをいじめた子たちと同じ。沙也香のことを気の毒がって、猫かわいがりして、沙也香を守るためにとゆがんだ善意を発揮する。滑稽ですね？そうやって、あの子の本性には気がつかないんだもの。わたしが受けた傷なんか――」

　突如として、語尾が震えた。

　言いかけた言葉を呑み下すように、上野さんは口を閉ざす。彼女は決して和臣から目をそらそうとしなかった。口角を上げたまま、ぐっと奥歯を食い縛って。

　そうして無理やり、笑みを作っていた。

「わたしの気持ちなんて、どうせ言ってもわからないか。それより、いい機会ですから教えてあげましょう。沙也香はね、他人の善意に寄りかかって生きる寄生虫なんですよ。そして林田さん、あなたは晴れて沙也香の宿主に選ばれた。おめでとうございます！」

「この女、言わせておけば――」

「駄目です、林田さん！」

　わざと焚きつけるような発言をして、嘲笑に声を揺らしていても、上野さんの目の縁《ふち》はうっすら赤くなっていた。

「殴りたいならどうぞ。それで気が晴れるなら。でも、最後にこれだけは言わせて。わたしは何も沙也香を殺したかったわけじゃないんです。嘘じゃありませんよ。大事な結婚式の最中に意識が混濁して、ゲストの前で恥をかけばいい。その程度の気持ちだった。だからあんな風に血を吐いて倒れるなんて、思ってもみなかった」

「今さら言い訳か」

「いいえ、そうじゃない。……だいたい復讐なんて、昔の親友にするわけないじゃないですか。睡眠薬を盛ったのだって、元はと言えば、沙也香を思ってのことだったんですから」

「はあ⁉」

「いいですか、林田さん？　あの子はいっぺんくらい、痛い目を見た方がいいんですよ。それが沙也香のため。あの子が他人の痛みというものを知るために、どうしても必要なことだった。わたしは昔のよしみで、その手助けをしてあげたまでです」

ぎこちない作り笑い。不自然なほど強気な口調。上野さんの瞳から涙が流れることはない。それは泣くまいと必死にこらえているからだろう。沙也香さんとは違うのだとでも言うように──彼女の中にある哀しみや、怒り、やるせなさが、自分には痛いほどわかる。でも和臣には、そうじゃない。

和臣はぶるぶると体をわななかせていた。と、大きく息を吸いこむ。全身を力ませる。両の拳を固く握りしめ、あらん限りの熱と、憤怒《ふんぬ》をこめて、

「余計なお世話だ‼」

その荒々しい怒鳴り声は、式場全体にまで届くのではないかと思われるほど、よく響いた。

「出任せばっかり並べやがって！　沙也香のため？　おちょくるのも大概にしろ！　せいぜい警察で、同じように供述してみるんだな！」

「……警察、呼ぶんですか」

和臣は怒りのままにギロリとこちらへ視線をくれる。

それでも自分は、賛成も反対もできなかった。

「当たり前だろ？　本人だって認めてるんだから。睡眠薬を盛るのは傷害。怪文書を寄越したのだって立派な脅迫だ」

「ちょっと待って。怪文書って、何？」

と、上野さんが眉をひそめた。

「この期《ご》に及んでまたしらばっくれるのか。あんただろうが、うちのポストにおかしな封筒を入れたのは！　気味の悪い怪文書と、ご丁寧に自分がいじめられてたときの写真まで同封しやがって。過去を知ってるとほのめかして、沙也香を怖がらせたかったんだろ！」

「いや、ほんとに、何言ってるかわからないんですけど……いじめられる側だったわたしが、そんな写真を持ってるはずないでしょ」

「もういい黙れ。どうせ警察に調べてもらえばすぐにわかるんだ」

そう吐き捨てると、和臣はこちらの方に体を向けた。

「警察には俺が連れていく。桜庭くんはここまででいいよ」

「……わかりました。それじゃ」

和臣と、そして上野さんに小さく一礼して、踵《きびす》を返す。

終わった。

これで、ようやくすべてが終わったんだ。あとは和臣に任せて、ただ事のなりゆきを見守っていればいい。まさか大事な仕事仲間が犯人だったなんて、しばらくは寝覚めが悪くなるだろうが……。

「待って、桜庭くん」

外へとつながるドアを開けようとしたとき、追いかけてきた和臣に呼び止められた。

「ちゃんとお礼を言わなくちゃな。ここまで来られたのは桜庭くんが協力してくれたおかげだ。本当にありがとう！」

実にすっきりとした顔だった。上野さんの過去に対する同情心は、一片たりとも抱いていないらしい。沙也香さんがただの被害者ではなく加害者の一面を秘めていたと知っても、後味の悪さすら感じていないのだろう。

表情に現れているのは、正義感と、犯人をやりこめた達成感。彼らしいと思った。

「お役に立てたなら何よりです」

「じゃあ、これで」

言いながら、手を差し出してくる。前にこちらから握手したときとは、状況も心情も違うけれど……まあ、いいか。

和臣の手は火傷《やけど》をしそうなほど熱かった。よほど興奮しているらしい。それとも、単にこちらが冷めているからなのか。

握手した手を力強く上下に振ると、

「それじゃ、また連絡するから。次の結婚式でもよろしくな！」

和臣は爽やかな笑みを浮かべて戻っていった。その背中にわくわくした心持ちが見えるのは気のせいか。

何となく、彼の姿を目に焼きつけておこうと思った。

理由は自分でもよくわからない。ただ疲れきってこの場に立ち止まっていたいからなのか、事件が終わった安堵からなのか。それとも、彼とはもう二度と会うこともないだろうという、一種の予感からなのか。

何にせよ、自分の役割はここまで。

帰ろう。待ち望んだ平穏な日常が、待っているのだから。


「おー、やっぱりここの景色は最高だな。沙也香もそう思うだろ？」

この結婚式場で喜怒哀楽、すべての感情を引き出されようとは、かつては思ってもみなかった。祝いの雰囲気に喜び、楽しみ。かと思いきや、沙也香が倒れて哀しみの底に突き落とされ。そして、憎い犯人をとうとう追い詰め、はち切れるほどに抱えていた怒りを、ありったけ出し切ってやった。

ああ、この上もなく爽快だ。

来客用駐車場から入ってすぐ、〈サンセリテ〉には、丘の上から市内を眺望できる見晴らし台がある。そこで沙也香と並んで立ちながら、俺は夏の空気を胸いっぱいに吸いこんだ。

梅雨はやっと明けた。空に広がっているのは俺の心と同じくらい、澄みきった青だ。

「上野のことは警察に引き渡した。今頃みっちり取り調べを受けてるだろうな。怪文書のことは否定してやがったけど、口を割るのも時間の問題だ。これで全部、解決したんだ。もう安心していいからな」

これまでの経緯を、俺は包み隠さず沙也香に語って聞かせた。犯人が捕まったのだからもはや隠す理由もないだろう。

結婚式で倒れたのは睡眠薬を盛られたのが原因だったこと。犯人を見つけ出すべく俺がいかに頭を悩ませ、休み返上で駆けずりまわっていたか。沙也香の心を思いやったからこそ、今まで黙っていたのだということ――てっきり泣いて感謝されるかと思ったのに、沙也香は何も言わなかった。

日傘を深く差しているせいで、隣にいても表情がよく見えない。白い日傘と、左の薬指にあるダイヤの指輪が太陽の光をこちらに反射してきて、やけにまぶしい。

「ああ、そうだ。橋本智恵と尾崎藍里、あの二人とはもう金輪際《こんりんざい》、付き合わない方がいいぞ。あいつら親友だとか耳触りのいいこと言って、本当は自分のエゴでおまえを振りまわしたいだけなんだ」

「…………」

「次は二人で結託して、俺たちの仲を引き裂こうとしてくることだってありえる。関わったらろくなことにならない」

妻に悪い虫がつかないよう守ってやるのも夫の務め。これも沙也香のためなんだ。

「喫茶店で橋本智恵から俺の悪口を聞かされたろ？　言っとくけどあれ全部、嘘だから。俺が尾崎藍里を理不尽に怒鳴りつけたとか、橋本智恵に言い寄ったとか、でたらめもいいとこだ。でも親友と思ってる奴の口から聞かされたんじゃ、真実だと思うよな。しかも別れた方がいいなんてことまでアドバイスされてさ。

それで思い悩んで、自殺なんかしようとしたんだろ？　沙也香がそのことで悩んでるって、本当はわかってた。でもまだ犯人捜しの途中だったから、橋本智恵との会話を知ってるなんてことも言えなかったんだ。ちゃんと寄り添ってやれなくて、ごめんな？」

沙也香はそれでも口をつぐんでいた。

……何だよ、つまんねー。

と、思ったものの、沙也香は初めて自殺を図って以降、こんな調子で口を利かないことが増えていた。喋りかけても聞いているのかいないのか、それすらわからないことがままあった。あれからも幾度となく薬と酒を一緒に摂取したり、発作的にベランダから飛び降りようとしたり、元から揺らぎがちなメンタルがいよいよ不安定になっているらしい。まして今俺が話したことは、本人にしたら寝耳に水の話ばかりだ。混乱した頭を整理するにはそれなりの時間が必要かもしれない。

だが、そのうち落ち着いたら、俺への感謝が自然と湧き上がってくることだろう。こっちは別に焦ることもないんだ。気長にそのときを待てばいい。「ごめんね、ありがとう」と泣きじゃくる沙也香を、また優しく抱きしめてやればいい。

「……あっち」

と、沙也香は不意に向きを変えて歩きだした。やっぱり精神が不安定になっているらしく、言動に少しばかり幼さが感じられる。

「お庭、見たいの」

「庭？　ああ、そういやここ、中庭が綺麗だもんな」

俺は慌てて後を追った。

沙也香の過去を一つひとつ知る中で、迷いは生まれていた。

男遊びに、万引きに、さらにはいじめ。そんな事実は知りたくなかった。俺が愛する今の沙也香と、過去の沙也香はあまりにかけ離れすぎていて、別人だとしか思えなくて、落差にひどく苦しめられた。正直、「離婚」の二文字が頭をよぎったことも否定できない。

弱く、流されやすく、無責任で、何もかも受け身の女。それが沙也香だ。

が、過去を知るうち、改めて悟った。

だからこそ、俺は沙也香を愛しているのだと。

沙也香のために犯人捜しをした日々は本当に、楽しかった。毎日がきらきらと輝いていた。

——まさか、毒……!?

あんなセリフを口にできるなんてこと、普通なら一生に一度もないだろう。

——誰かが妻に毒を盛ったかもしれないと知って、何もしないではいられませんから。必ず見つけ出して警察に突き出してやるつもりです。

俺は今、愛する妻のために奮起してやってるんだ——そう思うたび胸の奥から熱があふれ、体中が全能感で満たされた。

智恵や藍里や沙也香の母親には少々煮え湯を飲まされた感があったけれど、上野をびしっと怒鳴りつけてやったとき……ああ、あのシーンは、この先何度も思い返して咀嚼《そしゃく》することになるだろう。あれは、最っ高に気持ちよかった。

——余計なお世話だ!!

キマってたなあ、俺。脳汁ドバドバ。ドーパミン大放出。あれほどの快感を味わえるなんて、つくづく沙也香と結婚してよかった。

きっとこれからも大なり小なり、沙也香はトラブルを引き寄せるに違いない。そういう星のもとにでも生まれたんだろうか、まるで磁石みたいな女だ。そうしてトラブルにあうたび精神を病んで、弱々しく、さめざめと涙を流すのだろう。

だから俺が、支えてやる。俺が沙也香を守ってやる。だって沙也香には、この俺が必要なんだから。

トラブルだって大歓迎だ。沙也香が結婚式で血を吐いて倒れたときの、あのゾクゾクする感覚。これから何かすごいことが始まるのだという予感。そしてその後に体験した、心躍るような日々をまた味わえるなら、いくらでも沙也香と一緒にいてやる。そんなことを思える男がどれだけいるか。俺ほど理想的な夫もそうそういないだろう。

「ねえ、カズくん。真実の愛って、何だと思う？」

中庭に着くなり、沙也香が尋ねてきた。

「はは、どうした？　いきなりだな」

誰もいなかった見晴らし台とは違って、中庭には他に五組ほどカップルがいた。チャペルの入り口には「ブライダルフェア開催中」とある。それで今日はいつもより人が多いのか。

「……何となく、ね」

沙也香はそうつぶやいて、中庭を手持ち無沙汰のように歩く。

今、何を考えているんだろう。何を見ているんだろう。目が覚めるような芝生の緑を見つめているのか、それとも微笑みあうカップルを見つめているのか。

真実の愛が何かって？

そんな問いを投げてくるということは、

「沙也香は本当に馬鹿だなぁ。橋本智恵の言ったことをまだ気にしてるのか？　俺がおまえを愛していないとでも？　そんなわけないだろ？　俺は他の誰にも気移りなんかしないし、本気でおまえを愛してるよ。無償の愛、っていうかさ」

言ったそばから気恥ずかしくなってしまって、照れ隠しに首をさすった。

でも本当のことなんだから、言葉にしないと。女はきっぱり言葉で伝えてもらわないと不安になるらしいからな。

「沙也香。俺とおまえがこうして一緒にいることこそが、真実の愛だ。もう一度誓うよ。今までも、これからも、俺はおまえを、一生かけて愛する」

またしてもキマった。百点満点の答えだろう。ゾクゾク感が喉元までせり上がってきて、こらえきれず身震いする。

パサ——と、沙也香が白い日傘を取り落とした。

さあ、くるかくるか？　泣き出しそうな顔で振り向いて、がばっと俺に抱きついて、

——カズくん、ありがとう。わたしもだよ。

って涙する流れ、くるか？

沙也香がこっちを振り向いた。ところが、

「……ふふっ」

その顔には、涙の気配がなかった。

「あは、あははははっ」

沙也香は声を立てて笑った。いつもの控えめなはにかみじゃない。大口を開けて笑う様に、知らず怖気《おぞけ》が走った。

「ねえ、あなたたち！」

と、何を思ったか他のカップルに向かって駆けだす。止める暇もなかった。

「ねえねえ、お二人も結婚するの？」

「えっ？　ええ、まあ……」

急に話しかけられたカップルは困惑したように顔を見あわせる。

「いいね！　あなたたちも？　結婚するの？　式はここで？　あはは、そうなんだ。そっちのお二人さんはー？」

……何だ、これ。

いったい、沙也香は、どうしてしまったんだ？

「みんな素敵だね、おめでとう！　実はわたし、もう結婚してるんですぅ。式もここで挙げてね、何だか怖ぁいことがあった気がするけど、何だったっけ？　えへへ、忘れちゃった。それでね、今日も旦那さんと一緒なんですよ！」

最悪なことに、沙也香はこっちを指差した。

「ほら、あそこ！　あれがわたしの旦那さんなの！」

馬鹿、やめろ。そう目で訴えても遅かった。中庭にいるカップルたちは全員、怪訝な顔で沙也香と俺を見比べていた。たまらず顔を背ける。無駄だとわかっていても、他人のふりをせずにはいられない。

沙也香の奇行はさらに続いた。

けたたましい笑い声を上げ、クラゲのようにふわふわとステップを踏んでみたり、花壇の花に笑いかけてみたり。かと思えば、見知らぬカップルに絡んでみたり。周りの目なんて、気にもならない様子で。

……絶望した。

結婚式で倒れたとき、沙也香は強く頭を打った。あのとき医者は異常なしと診断していたけど、本当は、違ったんだ。もっと細かく検査するべきだったんだ。それとも、やっぱり薬の飲み方が原因なんだろうか？　繰り返し酒なんかと一緒に飲んだから、沙也香は、とうとう、本格的に……。

これ、治るよな？　ちゃんと元どおりになるよな？　でも、仮に治るとして、いつまでこんな状態が続くんだ？　それまで俺が、こいつの面倒を見なきゃいけないのか？　この女と、行動をともにしなきゃいけないのか？

頭を回転させる間にも、照りつける太陽がじりじりと首筋を焼いて、不快な汗が背中を流れていった。

「あはは、いいでしょ、カッコいいでしょ、わたしの旦那さん。いつでもわたしのそばにいて、わたしを愛してくれるんですよぉ」

どうするのが正解なんだ。駆け寄って心配してみせるか、すいませんとそれっぽく周りに頭を下げておくか。どうすればこの場をやり過ごせる？　どうすれば、俺だけでも変な奴だと思われずに済む？

「世界中を敵にまわしても、俺だけはおまえの味方だ、ってね！　こんなこと言ってくれる人、他にいないと思いません？　ねっ、そうだよね、カズくん？」

沙也香がこっちに駆け戻ってくる。

俺へと向けられた満面の笑み。目も口もだらしなくゆるんで、ドロリと溶けるような、気味の悪い笑顔だった。

「一生かけて愛するって、二度もここで誓ってくれたもんねぇ？」

歌うような口ぶりだ。

嫌だ、こっちに来るな。来るな来るな来るな来るな。

「あははは、嬉しい！　わたしも愛してるよ。これからもずっと、ずうーっと――」

「来んな!!」

不気味な笑顔が段々と近づいてくるのが、もう我慢できなかった。ドンと肩を押すと、沙也香は力なく芝生の上に横倒しになった。

「ちょっと、大丈夫ですかっ？」

「何これ、何かの撮影？」

「てか今、あの人、突き飛ばしたよね？　奥さんなのに……？」

ささやきあう声。やめろ。見るな。頼むから見ないでくれ。

「カズくん、わたしを捨てないで」

周りの視線が刺さる。

沙也香がこっちを見上げてくる。か細い声で、瞳を潤ませて。

「捨てないよね？」

　無理。

「愛してるって、ついさっきだって言ってくれたもんね？」

　無理無理無理。さすがにこれは無理。

「いやぁ……なあ？　……はは……」

　この女はもう駄目だ。そりゃ愛してるって言ったけど、それは少なくとも沙也香が正常だったからであって、こんな正気を失ったアタオカ女の面倒を見るなんて、冗談じゃない。しかも一生？　いやいや、マジありえない。ていうか俺にそこまでの義理はないし。

　離婚だ、離婚。やっと腹が決まった。どうせ沙也香の過去なんてろくでもないんだから、もっと早く決断するべきだったんだ。明日にでも離婚届を出そう。……バツが二つ付くのは不本意だが、俺は男。まだ三十。探そうと思えばいくらでも次を見つけられる。

　沙也香を薄気味悪く思ったのだろう、中庭にいたカップルは一組、また一組といなくなって、ついには俺たち二人だけが残った。

「ごめん、沙也香」

　相手を刺激しないよう、俺はできる限り優しい声を作った。

「俺といたら、沙也香のためにならないみたいだ。おまえの心が落ち着くように、おまえが幸せになれるようにって、そればっかり考えてたけど、俺じゃ力不足だったんだな。俺じゃ、沙也香を幸せにできない」

遠まわしだが、これで意思は伝わっただろう。でもここからが大変だ。この女があっさり同意してくれるとは考えにくい。誠のような単なるセフレにさえストーカー行為をしていた沙也香が、夫の俺をそう簡単にあきらめてくれるだろうか？

ギャン泣きするか、それともブチギレるか。

――嫌、絶対に別れたくない。

こう言われるのはまず間違いない。俺はどう立ちまわったものか。何と言って、こいつをなだめるべきか……と、そのとき、

「あーあ、恥ずかしかった」

すっと立ち上がるが早いか、沙也香はスカートについた草を無表情に払った。

その仕草は、あまりにも「普通」だ。

「やっぱりね。思ったとおりだわ。カズくん、全然わたしのこと愛してないんじゃん」

え？

「もう無理。離婚しよ」

は？　え、え、何で？

何が、どうなって――。

「意味わかんなすぎて声も出ないって感じ？　今のはね、お芝居。カズくんがどういう反応するか見たくておかしくなったフリをしてたの。恥ずかしすぎていまいち振りきれなかったからバレちゃうかもって思ったけど、まったくだったね？」

こんな沙也香の声、俺は知らない。こんな、低くて、冷たい声は。

「さっきさ、怪文書のことを帆花は否定してるって言ってたよね。そりゃそうだよ。だって、あの封筒をポストに入れたのわたしだもん」

…………。

今、何て？

わたしだもん？　ワタシダモン？　って、どういう意味？

「――まさか」

思い至った瞬間、やっと声が出た。

「全部、おまえの自作自演だったのか？　怪文書も、睡眠薬も……？」

すると沙也香は笑いながら手を振った。

「違うよ、わたしがやったのは怪文書だけ。せっかくの結婚式をぶち壊すなんて真似、花嫁のわたしがするはずないでしょ？　睡眠薬については百パーセント、わたしは被害者だよ。ウエディングプランナーの上野さんがあの愛沢帆花だったなんてちっとも気づかなかった。しかも中学時代のことをいまだに根に持ってたなんて、びっくりしちゃったな」

でも、と沙也香は落とした日傘を拾い上げながら続けた。

「帆花のおかげでいい〝テスト〟ができたことだし、ちょっとだけ、感謝しなくちゃね」

「何だよ、テスト、って」

「一個も心当たりないの？　うーん、そっか。カズくんって、思ってた以上に頭悪いんだね」

ふたたび日傘を差した沙也香の顔が、やけにどす黒く見えた。

テスト――それはすなわち俺の、沙也香に対する愛情レベルを、確かめるためのものだった。

「テストその一。不穏な怪文書を読んでどう行動するか。

テストその二。わたしの過去を知っても受け止めてくれるか。

テストその三。自殺未遂をしても支えてくれるか。

すごいねカズくん、全部パーフェクトだったよ。ただ最初の自殺未遂のときはちょっと時間かかりすぎだったかなぁ。カズくんがなかなか起きてきてくれないから、わたし、ずっとキッチンで食器をガチャガチャやってたんだよ。先にお隣さんから怒られるんじゃないかってひやひやしたくらい。まあ、そのあと起きてくれたからいいけどさ。そこからの自殺未遂も全部止めて、支えてくれたし」

俺はめでたくテスト一から三に合格していたというわけだ。しかしながら、

「テストその四。わたしがおかしくなっても愛してくれるか。

……この最終テストは、不合格だね」

「待ってくれよ、沙也香」

「真実の愛とか言ってまがい物じゃん。はーあ、がっかり。冷めちゃった。とにかくもうおしまいね。離婚届出すからサインして？　明日にでも市役所に出しに行くから」

その言葉に、今になってハッとした。

どこに離婚届を出すか？　そうだ。他でもない、俺の職場だ。俺のいる戸籍課だ。

——自分の離婚届が自分の職場で受理されるのって、どんな気分ですかぁ？

後輩のニタニタと笑う顔が、頭をよぎった。

そんなのは絶対に嫌だ！　しかも人生で二枚目の離婚届なんて、同僚たちから後ろ指を差されるに決まってる。陰でひそひそと、

——林田さん、奥さんにフラれちゃったみたいだよ。

——奥さんが離婚届を出しに来たんだって。その場でどんな顔してたんだろうね？

とか何とか言われるに決まってる。そんなの、想像するだけで耐えられない。

だいたい何で、沙也香からフるんだ？　おかしいだろ。俺がフる側で、おまえは、フラれる側だろうが。

「頼むから考え直してくれ。テストなんて、そんな風に人の気持ちを試すのは間違ってる」

「何それ、お説教のつもり？　正しいか間違ってるかはさておき、あなたがわたしを愛してないことはこれで明らかになったでしょ。実際カズくん、わたしがお芝居をしてるとき他人のふりしてたじゃない。わたしを突き飛ばしたじゃない。本当に愛してたら、そんなことする？」

駄目だ、この方法じゃ。正論を突きつけたところでいいように言い返されるだけだ。

もっと沙也香の心に訴えないと。この女はそういうのに弱いんだから。

「さっきのことは謝るよ。でも、いきなりパートナーがあんな奇行に走ったら、誰だってうろたえるのが当然だろう？　それで愛がないなんて決めつけないでほしいんだ。

沙也香だってわかってるよな？　俺が今までおまえのために、どれだけ頑張っていたか。上

野が捕まったのが何よりの証拠だろ？　おまえの過去だって、もちろん驚きはしたけど、それでも全部受け止めようって決めたんだ。それが愛じゃなかったら何だ？」

　はあ——と、沙也香の口から倦《う》んだため息が洩れた。

「そういうの、恩着せがましいって言うんだよ、知ってた？」

「なっ……でも！」

「そもそもあんたに不信感を持ったのは、誰を結婚式のゲストに呼ぶかって二人で話しあってたときだった」

　はあ？　あんた？　こいつ、誰に向かって口を利いていると……いや、今はよそう。少なくとも今は、感情を抑えないと。

「ゲスト決めのとき？　俺、何か変なこと言った？」

「やっぱり自覚なかったんだ。森あきらを呼びたいだなんて、どう考えてもおかしいのに」

「あきら？　俺の友だちなんだから別に変じゃ——」

「違う!!」

　いきなりの大声に、心臓がひゅっと下がった。

「違うでしょ!?　ただの友だちなんかじゃない。森あきらは、あんたの元嫁でしょうが!!」

……？

　あきらは、俺の元嫁。それはそうだ。

　否定するつもりもないし、付き合う前から俺がバツイチであることも、元はあきらと結婚していたことも、沙也香に隠さず伝えていた。

「それが、どうしたんだ？」

するとと沙也香は一瞬黙ったあと、

「ねえ、それ、本気で言ってんの？　非常識にも程があるわ」

と、汚いものでも見る目をして、片頬をゆがめた。

「何でだよ！　知ってるんだぞ、おまえだって散々男遊びしてたくせに、よくそうやって俺のことを言えたもんだな？　俺は隠し事なんて何一つしてなかったのに。おまえの過去を知っても全部呑みこんでやったのに」

「今その話は関係ないでしょ。論点ずらさないでくれる？」

「あきらとは大学卒業後に結婚したけど、すぐに離婚したんだ。おまえにもそう話しただろ？今はただの友だちで」

「それね。〝今はただの友だちだから、何にもないよ〟――そう言ってあんたはへらへら笑ってた。わたしが嫌な顔してたなんて気づきもしないで。しかも結婚式の規模だって、あんたが再婚なばっかりにあんな小規模になっちゃってさ。森あきらとの式は大々的にやったくせに」

「そんな……」

限られた身内だけにしようって提案したら、わかったたって言ってたじゃないか。それなのに、今になって本当は不満だったなんて、そんなの誰がわかるっていうんだ。

「あんたってほんと、そういうとこあるよね。いい人ぶるのは得意なわりに、相手のことをちゃんと見てない。相手の気持ちを考えてない」

「元嫁を式に呼んだのが、そんなに嫌だったのか？」

「当たり前でしょ！　新郎の元嫁を心から歓迎する新婦がいると思う？」

「だからってテストで俺の愛情を試したのか。あきらを呼んでほしくないんだったら、ちゃんとそう言えばよかったのに」

「言えなかったのよ、あのときは。森あきらのことも呼びたいって、笑顔でゴリ押ししてくるあんたを見てたら、はっきり嫌とはどうしても言えなかった。……カズくんに、嫌われたくなかったから。失いたくなかったから」

ひょっとしなくてもこれは、形勢逆転のチャンスじゃないか？　何だか知らないが、沙也香は覇気がなくなったかのようにしおれている。

俺を失いたくなかった。

そう口に出すということは、沙也香の奴、きっとまだ迷っているんだ。感情任せに離婚を切り出したはいいが、完全に気持ちが定まっていたわけじゃなかったんだ！　おまえは俺と別れられない。わかりきっていたことだ。おまえは、俺がそばにいないと、不安でたまらないんだからな。

「……元嫁の顔なんて、見たくもなかった。でも……今こうして考えてみると、あの女と会えてよかったのかもしれない」

そう言って、沙也香は小さく笑った。

「森あきらが結婚式のとき、こっそりわたしに近づいてきてたの、知ってた？」

俺は首を横に振った。

「そうだよね。じゃあ、あの女がわたしに何て耳打ちしてきたか、教えてあげるよ」

──沙也香さん。これはあなたのために言うんだけどね、元気にならない方がいいですよ。元気になったら捨てられちゃうから、わたしみたいに。

あきらの奴、何でそんなことを……！

そういえば桜庭も、あきらに関して何か言っていたような気がする。そうだ、証拠集めのためあきらに動画を送ってもらったときのことだ。

──花嫁が血を吐いて倒れて、あれだけ壮絶な騒ぎになっていたのに、普通、動画をまわし続けられるものですかね？　まあ、あのときは全員てんやわんやだったし、気が動転していたからと言えばそれまでですが。それにしたって、いまだに削除すらしていないなんてね。

と、いうことは。

あきらは、意図的に動画を撮り続けていたんだろうか？　俺たちの結婚式がめちゃくちゃになっていくのを見ながら、いい気味だとでも思っていたんだろうか？

こっそり沙也香に耳打ちしたのだって、もしかして、

「半分は新しい嫁に対する嫌味。いっそわたしとカズくんの関係が壊れてしまえばいいと思ったんだろうね」

沙也香が俺の心を読んだかのように言った。

「だけどもう半分は、本気の忠告だったように思えてならないの。カズくんってさ、昔っから似たような女を好きになるんだね？　メンタル病みがちな女をさ。森あきらもそうだったって、本人から聞いたよ。彼女は環境の変化がいい風に影響したのか、あんたと結婚してどんどん心が元気になっていった。けれど、てっきり旦那であるあんたも一緒になって喜んでくれるだろうと期待したのに、そうじゃなかったらしいね？」

そんなの当たり前じゃないか。

だって、あきらは変わってしまった。俺が好きだった弱々しいあきらは、いなくなってしまったんだから。

「ねえカズくん、自分で気づいてる？」

沙也香は真っ向から俺を見つめ、片笑んだ。

すべてを悟ったかのような笑みだった。

「あんたはずっと、わたしを下に見てた。それが言葉の端々から感じられて……おまえ呼びしてくることも、わたしのことをいちいち馬鹿扱いしてくることだって、本当はずっとムカついてたんだよ」

沙也香は言った。

ある一定数の男は、自分より「下」の女を選びたがる。自分より学歴が下の女。自分より収入が下の女。自分の社会的評価を脅かさない女。そして、自分に決して反抗しない女。

――いくら沙也香ちゃんが大人しくていい子でも慢心するなよ。今はおまえが彼女を全面的に支える状況なんだろうが、支える側だからって夫の方が妻より上だとか勘違いして、捨てられたって知らねーからな？

……違う。

「わたしと付き合ったのも、結婚したのも、愛なんかじゃない。あんたは結局わたしじゃなくて、自分よりも下の女、自分よりも弱い女なら誰だってよかったのよ。だってあんたが好きなのは、〝弱い女を支えてやってる俺〟なんだから。わたしみたいに弱くて意思のない女相手なら、常に自分が優位に立てるもんね？　そりゃあ気持ちいいよねぇ」

「何で、そんなこと言うんだよ」

違う。俺は、そんなしょうもない男じゃない。それだけは絶対に違う。

それなのに、どうしてこんなにも、胸がざわつくんだ。

「〝俺が支える〟とか〝俺が守る〟とか、くだらないポエム垂れ流しちゃって。あんたがどれだけ犯人捜しを頑張ってたかなんて、簡単に想像できるよ。いち公務員としての退屈な日常にドラマティックな刺激がもたらされて、しかもそれが〝愛する妻のため〟なわけだから、いかにもあんたが飛びつきそうなストーリーだよね。わたしが職場をクビになったときだってそう。有休を使ってまで一緒についてきたのは、正義のヒーローを気取れるまたとないチャンスだと思ったから。じゃないと普通、付き合ってもない女の事情にそこまで首を突っこまないもんね」

違う。違う違う違う違う。

「あの結婚式以降、あんたは毎日うきうきしてた。こっちは胃潰瘍とか精神的なストレスで苦しんでたのにさ。どうせ楽しんで犯人捜しをしてたんでしょ？　可哀相な妻のために善意で行動する自分を、こう思ってたんでしょ？」

——ああ、俺って何て、いい人なんだ！

「でもあんたの場合、そもそも〝支える〟のキャパが小さすぎるんだよねぇ。だからわたしがさっきみたいにおかしくなった途端、いともあっさり突き放しちゃう。人の目を気にしちゃう。遠まわしに別れるようなこと言ったのも、変になったわたしをポイ捨てしようとしたからだよね？　この先自分の身にどれだけ負担が降りかかるか、一瞬で計算したんじゃない？　でも先にわたしが離婚って口にしたもんだから焦っちゃって……ほんっと、中途半端。

無償の愛？　真実の愛？　なに浸っちゃってるんだか。そうじゃないでしょ。

あんたが大好きで大好きでたまらない〝善意〟の矢印は、わたしや他の誰にも向いてやしないの。Uターンして、あんた自身に向けられてるのよ。いい加減に自覚したらどうなの？」

……これが、あの、気弱な沙也香？

こんな生意気なことを言うなんて、考えられない。変なドラマか何かに影響されているんじゃないか？　それとも、誰かに何か吹きこまれてるんじゃないのか？

「俺は……俺はただ、ずっと、沙也香のためを思ってたんだ。本当だ。ただ沙也香のために、よかれと思って……」

「ふうん。わたしのため、ね」

沙也香は言葉の意味を確かめるように繰り返した。

「じゃあ訊くけど。カズくん、わたしに幸せになってほしい？」

何だ、その質問は。

「わたしが幸せになったらいいって、本気で思ってくれてる？」

「そりゃあ――」

もちろん、と言いかけて、ふと口が止まった。

沙也香が幸せになるということはつまり、心が元気に、明るくなるということ。それって、あきらの二の舞じゃないか？

元気な沙也香は、俺が好きな沙也香と、同じだろうか？

「だよね、わかってた」

答えも聞かないまま、沙也香は青空を仰いだ。

「ずっとメンタル病みがちな幸薄女でいてほしい。じゃないとヒーローでいられなくなっちゃうから。それが本音なんだよね」

「ち、違……」

「あんたの本性に気づけなかった頃は、沙也香のためって言われるたび嬉しいと思ってたよ。何て優しい人だろうと思ってた。でも今は違う。その優しさ、マジで迷惑だから」

吐き捨てられた言葉に、めまいがした。

「本当はわたしのためなんかじゃなくて自分のためだったんでしょ？　そういうの、もう、気持ち悪いんだよね」

　そんな受け止め方、ひどいじゃないか。

「じゃあ、じゃあ俺は、どうしたらいいんだよ!?」

「知るわけないでしょ。自分の頭で考えたら？　あと被害者ムーブはやめてよね」

「俺はおまえを愛してるんだ！」

「はぁ、またそれ？　愛してる、愛してるって、馬鹿の一つ覚えみたいに。そんなに言うなら、わたしのどこを愛してるの？」

「どこって……そりゃ、料理上手なところ」

「そう。あとは？」

「大人しいところ」

「つまりは反抗しないところってわけね。他には？」

「体の相性も、いいと思う」

「そしたら家政婦を雇って、夜用にダッチワイフを買えばいいんじゃない？　さよなら」

　言うと沙也香は身をひるがえした。が、

「あ、いけない。忘れてた」

　左の薬指にある指輪二つを無造作に抜き取り、芝生の上に放り投げる。三十七万の結婚指輪。それに百四十五万もした、ダイヤ付きの婚約指輪を。

「おいこら――」

いやいやいやいや。なに去ろうとしてるんだ。まさか、これで話を終わらせる気か？　俺はまだ納得してないのに⁉　何て勝手な女なんだ。

こんな風に俺を捨てるなんて、絶対に許さない。ふざけんじゃねーぞ。

「待てよ沙也香！　逃げるな‼　本気で俺と別れるつもりか？　本当にそれでいいのか？　俺が見返り一つ求めないでおまえに尽くしてやったことを忘れたのか？　おまえみたいなクソビッチを受け入れてやれるのは俺くらいだぞっ？　この恩知らずが、おまえなんか、俺がいないと何にもできないくせに！　誰と一緒になったって同じだ、どうせメンヘラ発動して引かれるか、善意のはけ口になるか、それくらいしか能がないくせによ‼」

落ち着け。

俺は、今、何を口走ってるんだ……？

「違う、待って、行かないでくれ！　今のは本心じゃない、だからちゃんと話しあおう！　夫婦なんだから話せばわかりあえるはずだろ？　たった数ヵ月で離婚だなんて、おまえも周りの目が気になるんじゃないか⁉　なあおい、聞こえてんだろ沙也香！　沙也香！　沙也香‼」

沙也香は立ち止まらない。振り返りもしない。もう俺に用はないと言わんばかりに、白い日傘が俺と沙也香を——愛する妻を、遮っている。

エピローグ

「ねえったら、お願いよ蒼玉《さふぁいあ》。けっこう稼げてるんでしょ？　ちょっとくらいカンパしてよ」

まったくこの人は、本当に懲りない。ちょっとくらいと言って、今までいくら貸したと思っているんだろう。

「三万。ううん、一万だけでもいいからさ」

「絶縁宣言したの、覚えてる？　もう親子の縁は切れてるんだ。連絡もしてこないでって何度も伝えてあったよね」

「またそんなこと言って……」

相手は猫なで声を作り、上目づかいでこちらを見る。今日はわめき立てるんじゃなくて、こういう戦法でくるわけか。

——もう大丈夫だぞ。あの女、しばらく来ないんじゃないかな。

和臣は自信たっぷりにああ言っていたけれど、現実は見てのとおり。むしろあの翌日、逆上してやってきた彼女をなだめるのに骨が折れた。

「お母さんが困ってるの、わかってるでしょう？　親子なんだから助けてくれたっていいじゃない、ね」

「自業自得だよ。今まで貸した金もほとんど返してこないくせに。困ってるなら浪費はやめたら？　高い服やら香水やら買ってないで、少しは節約すればいいじゃん」

「でも、全部お母さんにとって大事なものなんだもん……冷たいことばっかり言わないで、ね、お願い。今日で最後にするから」

どうだか。もうこっちは母親の言葉を鵜呑《うの》みにするほど、ピュアな子どもじゃないんだ。

ただ勢いでデキ婚して、息子に痛々しいキラキラネームをつけておきながら、ろくに面倒も見ず、離婚した後も浪費とパチンコ狂い。そのうえ息子が成長して自立したと見るや、所構わず金をせびりに来る。……自分が世の中を冷めた目で見るようになったのも、ひょっとしたらこういう母親を間近に見ていたからかもしれない。

ともあれ、いつまでも玄関先で粘られたんじゃ困る。

こっちはやることがあるんだから。

「じゃあ一万。言っとくけど、本当に最後だから。今までのぶんも合わせて手切れ金だと思ってほしい」

母は目を輝かせて金に飛びつくと、

「さすがわたしの息子、愛してる！」

背筋が寒くなるような言葉を残して、鼻歌まじりに帰っていった。

あの金も間違いなくパチンコで溶かしてしまうんだろう。絶縁した気になっているのはこちらだけで、母にとってはそんなこと痛くもかゆくもない。そうしてまた、連絡を寄越してくる。スタジオに押しかけてくる。その繰り返しだ。

負のループを断ち切りたいと思っているのに、どうしても強気の姿勢に出られないのはなぜなんだろう？　迷惑ばかりかけられていても、頭の片隅には彼女を案じる気持ちがほんの少し残っている。ひとり息子の自分が本気で突き放してしまったら、あの人は……なんて、甘いところがあるんだな、自分にも。

それにしても、和臣が母をギャラリーストーカーと断じたときは驚いた。仰天して言葉も出なかったほどだ。あの男は変なところで想像力が豊かになるらしい。しかもそのストーカー女を撃退したときの顔といったら、

「……ふっ」

思い出すたびついつい失笑してしまう。

若松香から自分を庇ったときも、上野さんを罵倒したときもそうだった。胸をそらし、見たかと言わんばかりに視線を寄越す——和臣のドヤ顔は国宝にしたっていいレベルだ。

母を撃退したときだってきっと、いいことしたなあ、とでも思って清々しさに浸っていたんだろう。自分と彼女との関係性を確かめもしないで。「関係ない」と釘を刺しておいたのに、そっとしておいてくれという意味あいが、まさか、ＳＯＳと取られてしまっていたなんて。

——余計なお世話だ‼

上野さんに向かってキメ顔で怒鳴ったあの言葉が、自分への特大ブーメランになっていたと

彼が自省する日は、果たして来るのだろうか？　つくづく和臣という男は、ひとりよがりのピエロだった。

スタジオの中へ入ると、

「お母さん、もう帰ったの？」

「うん。たぶんあのままパチンコに行ったんだろうね」

「……なんか桜庭くん、機嫌よさそうだね？」

「そう？　沙也香さんが来てくれてるからかな」

撮影用のイスにもたれ、膝に黒猫を載せた沙也香は、嬉しそうに微笑んだ。

「さて続きをやろうか。疲れてない？」

「大丈夫だよ。幸子ちゃんは寝ちゃったみたいだけど」

「ちょうどいいや。じゃあ今度は壁の方を見て、手は幸子の上に、そうそう」

「どんな顔してたらいい？」

「普通でいいよ。無理に笑ったりしなくていい。沙也香さんはそのまんまで綺麗だから」

「もう、そんなこと言われたらニヤけちゃうでしょ」

ファインダーをのぞきこみ、シャッターを切る。撮れた写真を確認すると、無意識に、ため息がこぼれた。

ああ、やっぱり。自分の目は間違っていなかった。

彼女は、最高の被写体だ。

自分には叶《かな》えたい夢がある。得意の人物写真で、フォトグラファーとして名を馳せるという夢が。それにはまず国内の大きな写真展で賞を獲るのが王道ルートだ。が、肝心の被写体が見つからなかった。友人を撮らせてもらったりモデルを雇ったりしてみるも、どうにも理想どおりにいかない。そんなときに現れたのが、沙也香だった。

ロケーション前撮りでウエディングドレスをまとった沙也香をひと目見て、これだと思った。彼女の幸薄そうな顔立ちや、物憂げな佇まい、そこはかとなく漂うダウナーな雰囲気。それこそ、自分が探し求めていた理想だった。

だが新婚ほやほやの人妻を自分の思うさま被写体にするなんて、常識的にできるはずもない。たとえ沙也香自身が了承したとしても夫は納得しないだろう。林田夫妻の姿を写真に収めながら、どうしたものかと考えた。そうしているうち、ふと気がついた。

カメラには人の本性を暴く魔力があるのかもしれない。カメラマンという職を通して、いつしか自分は人の内面を見抜く能力を得ていた。被写体の性格や感情が、自然とわかるようになっていた。ファインダー越しに見た和臣と沙也香も、例外じゃなかった。

——この二人、どうして結婚したんだろう？

と、疑問に思った。見つめあい、微笑みあう二人。傍からは普通の幸せカップルにしか見えなかっただろう。でも自分はそこに、欺瞞に似たものを感じた。

この夫婦は、本当に愛しあっているのか——そう思った途端、閃いた。タイミングのいいことに、和臣が他の前撮りスタッフたちと雑談をして、沙也香がひとりぽつんと輪の外に佇んでいる時間があった。そこで彼女に近づき、こうささやいてみたのだった。

——旦那さんの愛情が本物かどうか、不安なんですね。

彼女の驚いた顔は今でも忘れられない。

——だったら、テストしてみてはどうですか?

変に怪しまれないよう笑いをまじえながら提案してみたのだが、効果はてきめんだった。

後日、林田夫妻が個展にやってきた。あのときは母の対応に追われてろくに挨拶すらできなかったこともあり、二人は写真を見終えるとすぐに帰ってしまった。だが次の日、沙也香が一人でスタジオにやってきた。

——テスト、してみようと思うんです。協力してくれませんか。

そう言って手渡してきたのは一枚の写真だった。女子生徒が土下座をし、その前に別の女子生徒が立っているという奇妙な写真。立っているのは沙也香自身だった。訊いてもはぐらかされてしまったが、彼女の黒歴史を証明する写真であろうことはすぐに察せられた。そしてその黒歴史を、夫に匂わせようとしているのだと。

——夫がわたしをどれだけ心配してくれるのか、わたしのことを知るためにどれだけ行動してくれるのか……たとえわたしが、彼の思うような女じゃなかったとしても、それでも愛してくれるのか。あなたの言うとおり、不安なの。だからこの際、確かめておきたいんです。

ヒントを与えすぎないように、辛うじて人が写っているとわかる程度でいい。そう頼まれるがまま自分は、その写真を加工した。沙也香はそれを、自作の怪文書とともに和臣に見せたのだった。

あの短絡思考の和臣は、想像さえしなかっただろう。一連の出来事が、実はまったく異なる二つの事件に分かれていたことを。謎の怪文書を寄越した犯人と、睡眠薬を盛った犯人が、まったくの別人であったことを。

まして犯人捜しの協力を請けあってくれた「いい奴」が、怪文書の件に深く関わっていたどころか、夫婦仲の破綻をひそかに目論んでいたなんて、夢にも思わなかったに違いない。

とはいえ沙也香とはそれ以来連絡を取っていなかったし、自分も睡眠薬の事件には一切関わっていなかったから、和臣との捜査は真面目にやっていたつもりだ。自分で加工した写真を、さらに加工するよう依頼されるとは、皮肉な話だったが。

「……ねえ桜庭くん、聞いてくれる？」

写真を撮り進めていると、不意に沙也香が口を開いた。

「和臣から、実家に手紙が来たの」

「また？　これで何通目？」

「十通目ね。もうとっくに離婚は成立したのに、何を考えてるのか……」

別れた男が一変して、愛を惜しげもなく語る「ロミオ」と化す。そんな話は聞いたことがあるけれど、都市伝説の類だと思っていた。現実にある話なのか。

「〝俺には沙也香しかいないって、今さら気づいたんだ〟とか〝いつだって沙也香のことを考えてる、俺たちは運命の赤い糸で結ばれてるんだから〟とか、もう、おぞましくって最後まで読む気にもならないよ」

二人が離婚してから、すでに二ヵ月が経っていた。

別れを告げても、はじめ和臣は頑として応じなかったそうだ。しかし沙也香が弁護士を雇うと宣言するや、ついに観念したらしい。プライドの高い彼のことだ、調停や裁判にまで発展することは周りの目を考えて何としても避けたかったんだろう。

一方で沙也香はといえば、和臣に離婚を突きつけた直後、実家に出戻った。あの毒母がいる実家に——が、実のところ、沙也香自身は他人が思うほど母親を嫌ってはいなかったようだ。和臣から智恵や藍里と付き合わないよう諭されたそうだが、それも特段気にしている様子はない。友人たちの腹の内を知ってもなお、何事もなかったかのように付き合いを続けている。

現実なんてそんなものだ。物事をどう受け取るかは本人次第。他人がどれだけ案じてやったところで、徒労に終わることがほとんどかもしれない。

「わたしね、和臣に出会ってやっと真実の愛を見つけたんだって思ったの。こんなにいい人は他にいないって。でも……わたしのことを心の底から心配して寄り添ってくれてるのかと思ったら、そうやって〝いいことしてる自分〟に酔ってるだけだったんだもん。あんなキモイ男だってわかってたら、結婚なんてしなかったのに」

そんな男はいくらでもいるんだが、まったく不思議な人だ。どうして同性には多くを求めないのに、異性に対しては求めすぎてしまうのだか。

「もっと早く桜庭くんと出会いたかったなあ。そしたらあんな思いはしなくて済んだのに。和臣なんかに引っかからなかったのに」

引っかけたのは、どっちだろうね。

おそらく沙也香は本能で、自身を助けてくれる人間かどうかを嗅ぎ分けている。だから恋人でもなかった和臣に職場の悩みを相談した。和臣は沙也香の術中にはまっているとも知らず、まんまと首を突っこんで、彼女にのめりこんでいったというわけだ。

「元旦那のことなんてさっさと忘れちゃいなよ。沙也香さんには、僕がついてるから」

「ありがとう……桜庭くんは優しいね」

「そうだ、気晴らしに今度、ドライブでもしようか。景色のいいところへ」

いい撮影スポットへ。

「本当？　嬉しいな。わたしって本当に、幸せ者だね」

沙也香と自分は言うなれば共犯だ。和臣へのテストという秘密を共有していただけに、彼のもとを去ったあと、関係が深まるのも早かった。互いに毒持ちの親がいることも親近感を高める一因になった。何より、初めて会ったときから沙也香の気持ちは揺れていたはずだ。

このカメラマンはわたしのことを気にかけてくれている。

ひょっとしたら和臣より——と。

そうでなければ一度しか話したことのないカメラマンに写真の加工を頼むなんてことも、夫への不信感を打ち明けるなんてこともしないはずだ。

あのとき、自分は、唾をつけられたんだろう。

——沙也香はね、他人の善意に寄りかかって生きる寄生虫なんですよ。

言い得て妙じゃないか？　事実、沙也香は今こうして新しい宿主を見つけた。和臣に早々と見切りをつけ、次は自分に寄生しようとしているんだから。

けれども彼女は、善意にも良し悪しがあるということを、まだわかっていないらしい。

「あっ」

ガタン、と何かが落ちる音がした。沙也香がこちらの肩越しを見やって腰を浮かす。

何かと思って振り返ると、目覚めてスタジオの中を歩きまわっていた幸子が、テーブルから飛び降りるところだった。テーブルの上に置いてあった沙也香のスマホを落としてしまったらしい。

「ああごめん、猫って何でも落として遊ぶ習性があるんだ。座ってていいよ」

そう言い置いて、スマホを拾い上げる。

床に落ちた拍子に電源ボタンが押されたのだろう、ロック画面がオンになっている。そこにはポップアップが一つ、表示されていた。

「〝ゆうきさんとマッチしました〟——だってさ。何これ」

視線を向ければ、沙也香の顔が一瞬にして青ざめた。

「これ、マッチングアプリだよね」

男漁りの過去は知っていたが、まだ続けていたとは呆れてしまう。もしかして、和臣と結婚している間もアプリをやっていたんだろうか。

「だって……桜庭くん、仕事が忙しいからって、あんまり構ってくれないんだもん。会えるのも月に二度か三度くらいじゃない？　だから、わたし、寂しくて」

寂しい、か。ありがちな常套句《じょうとうく》だ。

「言っとくけど、浮気する人なんてごめんだから」

沙也香はすがるような目でこちらを見上げた。

が、言うべきことは言わないと後悔するのはこっちだ。変な病気を感染《うつ》されたりしたら、たまったものじゃないから。

「ごめんなさい、もうしない。アプリもちゃんと退会する」

彼女はこちらに駆け寄るとスマホを取り、その場ですぐに退会の手続きを始めた。

「ねっ、ちゃんと消したよ。本当にごめんなさい。もう絶対しないって誓うから、だから……」

捨てられるのではとおびえているようだ。冷たい態度もこれくらいでいいだろう。

ムチのあとは、ちゃんとアメを与えないと。

「わかってくれたんならいいんだ。ほら、おいで」

両腕を広げてみせると、沙也香はおそるおそる一歩を踏み出した。

「怒ってる……よね？」

「そりゃそうだよ。だってマッチングアプリには怖い話もあるでしょ？　沙也香さんが変な男に絡まれたらって、気が気じゃないよ」

と、いうことにしておこう。優しく微笑むと、それを見た沙也香は安心したように抱きついてきた。

彼女のことは不憫《ふびん》だと思わないでもない。子どもは親を選べないから。毒親に育てられたことも、そのせいで愛着形成がうまくいかず、こんな自立性の乏しいこじらせ女になってしまったことも、同情の余地はある。

が、同情から始まる恋愛ほどどうぞ寒いものもない。

沙也香との関係は一年かそこらで終わるだろう。そもそも彼女に惚れたのは見た目だけ。写真展のためのよき被写体でいてはほしいが、そこに愛情なんてものはない。

人生にドラマティックな物語性を求め、主人公になりたいと望む。和臣がそうした「正義のヒーロー」願望の持ち主だったとするなら、沙也香は「悲劇のヒロイン」気質の女だ。

メンドいことこの上ない。

「沙也香さんってほんと、見てて危なっかしいなあ。寂しくさせたのは申し訳ないけど、これからはちゃんと、僕だけと向きあってくれる?」

「うん……うん。大好きだよ、桜庭くん。桜庭くんも、同じだよね?」

「当たり前じゃないか」

ますます強くしがみついてくる沙也香。その姿を優しく包みこむように抱きしめてやる。

犯人捜しをしている中で、同じ言葉を何度も聞いた。

いいいいよかれと思って――。
いいいい沙也香のために――。

沙也香という女は、平たく言うなら「カモ」だ。

人には誰しも「いい人」になりたいときがある。いいことをして気持ちよくなりたいときがある。その善意をお手軽にぶつけられるのが、沙也香という存在なのだ。

そして沙也香自身も、周囲の本心に気づいているかはさておき、カモであることに甘んじている。さしずめ困り顔さえすれば周りが何でも世話を焼いてくれるというのを、経験則から知っているのだろう。だからこそ気が弱く、大人しい女でい続ける。意思や目標を持つこともせず、他人に決めてもらい、他人に助けてもらい続ける。そうやって生きていくのだろう。他人からつけ入られる隙を、自分自身で作りながら、生きていくのだろう。

「ずっと、ずっと、一緒にいてくれるよね」

「そうだね。沙也香さんが望むなら」

「じゃあ、わたしのどこが好き?」

うーわ出た。そういうところが無理なんだって。

「前の旦那と僕は違うんだ。そういうのを言わなくっても、気持ちは伝わってるでしょ? それとも、僕のことも信じられない?」

沙也香は慌てたらしく、自分の腕の中で激しくかぶりを振った。

「そうだよね。僕の言うことを信じていれば大丈夫。僕の言うとおりにしていれば、沙也香さんはきっと幸せになれるよ。さ、向こうに座って。また写真撮ってあげるから」

期間限定とはいえ、今後は教育が必要だ。沙也香をより意のままに、御《ぎょ》しやすくするために。わたしはこんなにも愛されていると、本人もさぞ喜ぶことだろう。そうやってゆっくり、少しずつ、矯正していこう。それはきっと、沙也香のためにもなるだろうから……なーんてな。

「ねえ、沙也香さん」

「なあに？」

ふと、いたずら心が起こって、彼女に訊いてみたくなった。

あなたの周りのいい人は、本当にいい人？

今、目の前にいる人は、本当にあなたのためを思っているかな？　と。

ぜんぶ、あなたのためだから

第一刷発行　二〇二五年三月三日

夏原エヰジ（なつばら・えいじ）
1991年生まれ。兵庫県神戸市在住。上智大学法学部卒業。2018年「Cocoon」で第13回小説現代長編新人賞奨励賞を受賞。同作を改題した『Cocoon 修羅の目覚め』で翌年デビュー。シリーズ化もされ、第二部である「Cocoon 京都・不死篇」や外伝を合わせ、計11冊を刊行した。他の著書に『冥婚弁護士 クロスオーバー』『カワイソウ、って言ってあげよっかw』がある。

著者　**夏《なつ》原《ばら》エヰジ**
発行者　篠木和久
発行所　株式会社講談社
〒112-8001
東京都文京区音羽2-12-21
電話　出版　03-5395-3505
販売　03-5395-5817
業務　03-5395-3615
本文データ制作　講談社デジタル製作
印刷所　株式会社KPSプロダクツ
製本所　株式会社国宝社

本書は書き下ろしです。

ISBN978-4-06-538430-5
N.D.C.913 287p 19cm

KODANSHA